小学館文庫

眺めのいい部屋売ります

ジル・シメント

高見浩 訳

小学館

＊主な登場人物＊

アレックス・コーエン……ニューヨーク、イースト・ヴィレッジに住む画家（78歳）
ルース・コーエン…………公立学校の教員を三十年つとめたアレックスの妻（77歳）
ドロシー……………………コーエン夫妻に飼われている雌のダックスフント（12歳）
リ リ ー……………………不動産屋
ルドルフ……………………画商を営むアレックス夫妻の古い友人
メ　　イ……………………資産家でルドルフの妻
セ ル マ……………………フロリダに住むルースの妹
ラ ヒ ム……………………ファラフェル・サンドイッチの店〈サハラ〉の主人
ラッシュ……………………動物病院の医師
アブドル・パミール………タンクローリーの運転手

HEROIC MEASURES
by Jill Ciment

眺めのいい部屋
売ります

目次

Contents

アーノルドに

感謝の言葉

本書の主人公の一人、アレックスの描く彩色写本は、アーノルド・メシスの〝コラージュ・シリーズ、FBIファイル〟に基づいています。

ドロシーが診断を受ける診療室のドアに貼ってあるマンガ、〝クヴェッチ〟の作者は、デヴィッド・シプレスです。

ジョン・サイモン・グッゲンハイム基金から寄せていただいた財政的支援に対し、心から感謝いたします。

金曜日の夜

犬をつれた奥さん

流しの上の照明、皿を洗うための蛍光灯が急に夕日の光を奪い尽くして、キッチンの窓が鏡に変身する。自分の決意が藁《わら》のようにもろいことをルースが毎度思い知らされ、アレックスが自分の歳《とし》を一過性のさむけのように感じる夕刻の一瞬。二人の〝陽光あふれるダイニング・キッチン〟は、明日の『ニューヨーク・タイムズ』の不動産売買欄にリリーが出す予定のオープン・ルーム（内覧会）の広告で、最大の目玉になるはずだ。

二人の住んでいる部屋、イースト・ヴィレッジにあるエレベーターのないアパートメントの五階の部屋を、不動産仲介業者のリリーが初めて見てまわって、そうね、これなら九十九万九千ドルの値段をつけられますよ、と言ったとき、ルースはその数字が針のように突き刺さってくるのを感じた。頭がぼうっとするドラッグを射《う》ち込まれたような感じ。大不況時代に生まれたルースにとって、〝百万長者〟という言葉は、それこそトップ・ハットと燕尾服《えんびふく》姿でかろやかに踊ったフレッド・アステアのような、心躍る魔力を秘めている。だが、リリーの差しだす契約書に二人でサインをした瞬間、めくるめくような陶酔感はすっと消えてしまった。四十五年も住み慣れた家を売り払うなんて、自分たちはいったい何をしているんだろう？　この街からは離れたくないし、そもそも自分たちがお金に執着するなんてこと、これまでに一度もなかった。それに、ここを売り払って、それからいったいどこにいこうというのだ？　愛犬のドロシーはもちろん、自分とアレックスは、ニューヨーク以外の街ではすぐ迷子になってしまうにきまっているのに。

でも、とルースはあらためてキッチン・テーブルの向かい側の夫に目を走らせる。七十八になって、みっしりと生えている髪も真っ白に、眉毛や、鋼のように剛《こわ》い顎ひげもすっかり白くなったアレックス。深く落ち窪《くぼ》んだ目に決意をみなぎらせ、一度に二段ずつ、五階まで階段をのぼっていくアレックスの姿が脳裏に甦《よみがえ》る。週に一度、まだまだやれることを自分で確認するための試練。でも、この先いつくらいまで夫は――いや、自分にしたって――階段をのぼりつづけられるだろう？　九十九万九千ドルあれば、間違いなくマンハッタンのどこかで、エレベーター付きのアパートメントを見つけられるはずだ。

この部屋の値づけを最初に聞かされたときは、アレックスもまたその数字の魔力にくらくらっとしたのだった。この国に移住してきて、靴屋の店員として一生を終えたアレックスの父は、故国にいるときユダヤ教のラビを神にいちばん近い存在として崇《あが》めたように、この地の百万長者を崇めていた。そもそも妻のルースが最初にリリーに電話したのは、階段をのぼるのがあまりにつらくなってきて、どういう解決策があるか確かめるためだったのだ。でも、こうなってみると、百万ドルという大金をどうして無視することなどできようか？　夫の自分に、そんなことができるだろうか？　自分がルースに遺《のこ》してやれるものといったら、財産というよりいまや重荷といったほうがいい自作の絵の数々しかない。五十年にわたる画業の所産、何が何でも描きつづけようという強迫観念の副産物ともいうべき絵の数々。それがルースに何をもたらすというのだ？　もしあの絵の数々をルースが売り払えなかったら？　それにこの先、いよいよというときになって、ルースが万一この部屋を売却できなかったら？　ルースはこのおれの絵に埋もれて死んでしまうだろう。

二人とも明日のオープン・ルームのことで頭がいっぱいで、ルースはチキン・ディナーにほとんど手をつけていないし、アレックスは大部分たいらげたものの気もそぞろ、美味《おい》しいともまずいとも感じなかった。それでも二人は、ドロシーにすこしお裾分けすることは忘れていなかった。

そのドロシーは、戸口からじっとルースを見守っていた。アレックスの皿をとりあげたルースは、彼の残した分をドロシーのボウルにあけ、自分が残した分もそれに加えて、二人の椅子のあいだの床に置く。今年十二歳になるドロシーにとって、食べることは最大の喜びだ。ミニチュア・ダックスフントのドロシーの顔は鼻が大部分を占めていて、眉も口のまわりも完全に——アレックスよりも——白くなっている。もう犬歯が二本抜けてしまったし、奥の臼歯《きゅうし》も三本抜けている。背の高さは二十二センチで、体重は約四・五キロ。いま、その体で立ちあがろうとしたドロシーは、ぴくりとも体が動かないことに気づいた。なんだか後ろ足が氷になってしまったような感じ。そう、熱く燃える氷のような感じ。自分でもそれと気づかないうちに、ドロシーはタイル張りの床におしっこを洩《も》らしてしまった。それと気づいたのは、臭いがしたからだ。つんと鼻を衝《つ》くような、いやな臭いが。ドロシーは、キャン、と悲鳴をあげてしまう。

ルースがこちらを見て、いまの悲鳴で夢から覚めたかのようにパチパチとまばたきする。「あら、ドロシー、粗相をしてしまったの？」たずねながら近寄ってきて、ドロシーの上にかがみこむ。

ドロシーはルースの目をじっと見あげて、何か指示を仰ごうとする。目尻に皺《しわ》の寄った、淡い茶色がかったルースの目は、分厚い眼鏡《めがね》のレンズのおかげで、全能の神のそれのように大きく見える。このままじっとしていたほうがいいのかな、それとも、なんとかして立ちあがったほうがいいのかしら、とドロシーは考える。ルースはどう思うだろう？　もし、あたしの下半身に何かまずいことが起きているのなら、ルースの目を見ればいいんだ。ルースの肌の匂いをかげば、わかるんじゃないかしら？　何か怖がっているときのルースは、それが肌の匂いになって滲《し》みでるのだから。

「大丈夫よ、ドティ、つい洩らしちゃったのよね」ルースは呟《つぶや》く。それから、夫のほうに向かって、「ねえ、ドロシーの様子が変だわ」

アレックスが近寄ってきて、ドロシーの胸の下とおなかの下に両手をすべり込ませる。「ほうら、痛くないだろう」ゆっくりとドロシーをもちあげて、またそうっと床におろす。だが、四本の足を床についたドロシーは、くたっと後ろにへたりこんでしまう。まるで冷え切った足が、炎の中で溶けてしまったかのように。ドロシーは、キャン、と悲鳴をあげた。

「痛がってるじゃないの」

「どこが悪いのか、調べてるんだ。足に何か突き刺さったのかもしれないしな」ぐっと上体を寄せて、アレックスはドロシーの後ろ足を調べる。でも、ドロシーはさっきから何も感じていない。

「よし、おまえは向こうにいってごらん、ルース。どこかに出かけるふりをするんだ。戸口に立って、そこからドロシーに呼びかけてみてくれ」

「足が悪いのかしらね？ その気ならサラ・ベルナールも顔負けの演技だってできるのに、うちのドティは」玄関の扉のロックをはずすと、ルースはドロシーの首輪とリードをとりあげて、勢いよく振りまわす。「ねえ、ほら、散歩にいきたくない？ フアラフェル・サンドイッチのお店にいってみようよ、ドティ」

首輪がカタカタ鳴っているのは聞こえても、ドロシーはほんの数センチしか前に進めない。

「獣医さんに電話してみる」首輪とリードを手にしたまま、ルースはキッチンに駆けもどってくる。むりやりリードにつながれるのか、とドロシーは不安になる。が、ルースはドロシーをまたいで電話に手をのばした。

「もう六時をすぎてるんだ。だれもいないだろう」アレックスが言う。「それより、動物病院に直接つれていこうじゃないか」

ルースは受話器を置く。

「たいしたことはないかもしれんさ。ほら、去年だってそうだっただろう？　ドティときたら、いまにも死にそうだった。ところが、七百ドルもかけて体中調べてもらったら、ただガスがおなかにたまっていただけだったんだ」

「じゃあ、あしたの朝になれば、よくなってるかしら？」

「いや、何もしないよりは病院につれていったほうがいい」

「動かしても大丈夫？　枕を下に置こうか？」

「あれは柔らかすぎる。もっとしっかり体を支えてやれるものじゃないと」

「悪いのは背中なのよね、きっと？」

アレックスはキッチンを見まわして、まな板をとりあげる。ルースは二人の寝室に消え、ドロシーのタータン・チェックの毛布と自分たちのコートを持ってもどってくる。ルースが暖かい毛布でドロシーをくるみ、アレックスがその体をまな板にのせる。突然、まな板にしみこんだ、ありとあらゆる食べ物の匂いがドロシーの鼻に押し寄せる。チーズ。牛肉。チキン。ベーコン。パセリ。ピーナッツ・バター。ニンニク。でも、いまは何の匂いをかいでも嬉《うれ》しくない。

まな板の両端を二人で支えると、アレックスとルースはドロシーをもちあげて玄関の外に運びだし、廊下を進んでゆく。やがて階段の降り口まで達したとき、ドロシーは震えだす。ふだん、ルースの大きなバッグに入れてもらったり、アレックスのコートにくるまれたりして安全に運ばれているときでさえ、この大きく口をあけた螺旋《らせん》階段までくると、ドロシーは怖くてたまらなくなるのだ。

「ねえ、どうやって降りる？　いやだわ、この階段」

「おまえがドロシーを押さえていてくれ。おれがその下からまな板で支えていくから」

胸がしめつけられそうな愛《いと》おしさで、ルースはドロシーを押さえる指に力をこめる。後ろ向きになったアレックスを先頭に、二人と一匹は階段を降りはじめる。アレックスがなんとか水平に保とうとするまな板の上で、ドロシーは体内の血が揺れ騒ぐのを感じる。最初の踊り場についた。ドロシーのおなかにまわした指に、ルースがごく微《かす》かに力をこめたとき、激痛が襲いかかる。ドロシーは最初、その痛みを色として、オレンジ色として意識する。と同時に、球体のような形としても。オレンジ色の球体は突然破裂する。火はもうドロシーの下にはなくて、ドロシー自身が炎の中にいる。燃えさかる炎は圧倒的で、いまやそれ自体、世界そのものになっている。これまでの体験など、もうどうでもよくなってしまう。階段への恐怖？　どこかに洗い流されてしまった。果てしのない食欲？　もう覚えてもいない。燃えあがる肉体に閉じこめられていることすら、どうでもよくなってしまう。感じているのはただ一つ、炎の中心に小さな意識の袋があること。そこにしっかりとしまわれているのは、アレックスとルースに任せれば絶対に大丈夫、という確かな信頼の塊だった。

アパートメントのロビーは、明日リリーが購入希望者に訴えるセールスポイントにはならないだろう。何の装飾もない細長い空間で、ただの通路と変わらないからだ。そこはいまから百六年前、上陸したばかりの移民たちを収容するために建てられた。いまも当時のままで、目新しいものといえば、昨年、玄関の扉の横に設置された防犯カメラぐらいのもの。それは新しい保安システムなのだが、ルースとアレックスは当初、その導入には反対したのだった。月々の管理費が上がるのがいやだっただけではなく、またしても治安の名目で自分たちの行動が監視されるのはご免だと思ったからだ。たとえ最近ここを通るのは、もっぱらドロシーを散歩につれだすときがほとんどだとしても。ただし、入口のガラス扉の前の鍛鉄製のゲートは、明日、リリーが必ず購入希望者たちに注目させる対象になるだろう。オリジナルのままのこのゲートには、どんなに些細《ささい》な仕事だろうと職人たちが誇りを持って仕上げた時代の技が、見事に生かされているのだから。

ドロシーをのせたまな板を両側から持って、二人は扉を押しあける。とたんに街の騒音——サイレン、クラクション、エンジン音、バスのブレーキの音、ホイッスル、叫び声——が押し寄せてきて、すくなくともルースにとっては、自分の緊張がそのまま音になったように感じられる。だが、一刻も早くドロシーを運びだそうと焦ったあまり補聴器をつけそこなったことに気づいていないアレックスにとっては、高音と低音の区別のつかない街の騒音は、単に不快な雑音でしかない。右を見ても左を見ても、路上は車でいっぱい。上空を旋回しているヘリコプターが一機。赤い警戒灯を光らせた消防車の隊列が、セント・マークス・プレイス通りとアヴェニューAの交差点をふさいでいる。でも、火事らしきものはどこにも見えないし、煙の臭いもしない。ドロシーの鼻にも煙の臭いはかぎとれない。背後の扉を閉めながら、きっと誤警報なんだろうと二人は思う。最近は隣人がトーストを焦がしている臭いをかいだだけでパニックに陥り、すぐ911番通報をする人間がめずらしくないのだ。

二人はドロシーを抱えて一番街のほうに歩いてゆく。車の渋滞が解けて、タクシーがつかまるといいのだが。ところが、前方の信号が変わっても、エンジンをふかす音とクラクションが響くだけで、車列は車一台分ぐらいしか進まない。いつもドロシーにおやつをくれるファラフェル・サンドイッチの店の主《あるじ》、ラヒムおやじが店の入口に立って、いっこうに進まないヘッドライトの列を眺めている。ラヒムおやじは手書きの看板を掲げている。

サハラ・レストラン、営業中!!
ケバブ二本で、たったの一ドル!!
ソーダはおまけだよ!!
みんなで食べまくろう!

「おやおや、どうしたんだい、ミス・ドティは?」毛布にくるまったドロシーに気づくなりラヒムおやじはたずねる。

「背中が悪いみたいなのよ」

「そいつは可哀《かわい》そうに」

「どこかで火事でも起きたのかい？」アレックスが訊《き》く。

ドロシーに目を据えたまま、ラヒムおやじは溜息《ためいき》まじりに肩をすくめる。悲哀と公憤の滲《にじ》んだその仕草は、たとえ自分のズボンの裾の折り返しに火がつこうと知ったことか、と語っている。「女房が電話してきたんだが、上空をヘリが飛んでいるから、もう帰っていらっしゃい、と言うんだ。しかし、非番の警官から聞いた話じゃ、誤警報らしいな。ところがね、うちの配達係の子が、お客さんの家のテレビで見たというんだな、ガソリン輸送のタンクローリーがミッドタウン・トンネルで立ち往生しているってニュースを」

「〝立ち往生〟という言葉を使ったのかい？」

「この子、すわったまま立ちあがれなかったのよ」ルースが言う。「いま、病院につれていくところなの。寒さで震えあがっていて。じゃあ、またね、ラヒムさん」

二人は凍りついた歩道を渡って、空車のタクシーをつかまえにゆく。

ラヒムおやじは、接触しそうなバンパーとバンパーの間を縫ってゆく二人のうしろ姿をしばし見守る。黒いオーヴァーコートを着て赤い野球帽をかぶったユダヤ系の老人と、涙ながらに病んだ愛犬を守っている、分厚い眼鏡をかけたその妻。二人がわが子のようにドロシーを愛しているのはわかる。あのワンコは自分も好きだが、一匹の犬にあれほど献身的な愛情を注ぐ二人の姿を見ると、何がなし悲哀感を誘われるのだ。

ラヒムおやじは七人の子持ちだ。自分が息子や娘を愛するように一匹の動物を愛するのは、なんだか神への冒瀆《ぼうとく》行為のようにも彼には思えるのである。老夫婦はとうとうタクシーをつかまえた。病んだ犬を守りながらタクシーに乗り込む二人を見ていると、ああ、あの愛情は本物なんだ、心の底から愛しているんだ、とラヒムおやじにも思える。どの生き物なら本心から愛してもよく、どの生き物なら単に可愛《かわい》がる程度にとどめるべきだというラヒムおやじの厳格な価値基準は、一瞬忘れられてしまう。「頑張れよ」と、彼は歩道から声をかける。

タクシーの中で、アレックスは運転手に五十五ブロック北の動物病院の住所を告げ、ルースは窓外の車の洪水を眺める。運転手はインド人で、バックミラーにはジャックナイフ大の十字架がぶらさがっていた。二人の間で、毛布にくるまれてまな板にのせられたドロシーが、呻《うめ》き声をあげる。補聴器をつけていないアレックスにはほとんど聞こえないかぼそい声だが、ルースの耳には聞こえる。前方でも後方でもクラクションが響いているにもかかわらず、ルースの耳にはドロシーのかぼそい声しか聞こえない。アレックスとルースは、ドロシーが生後八週間のときから面倒を見てきた。アレックスがドロシーを初めて家につれ帰ったのは、公立学校の国語教師を三十年務めたルースが定年退職した日だった。最初の数晩、ドロシーの突拍子もない行動や絶え間ない要求に対応しながらルースの頭に浮かんだのは、イギリスのヴィクトリア朝期の小説だった。老境にさしかかった、子供のいない妻に育てさせようと、ある日、夫が孤児を引きとってきて……。でも、それから何年もたつうちに、二人とドロシーの関係は徐々に変貌をとげていった。ある時期のルースとアレックスは、やんちゃな幼児にお手あげの両親だった。そのうち幼児期がすぎて、ルースにあれこれせがむ一方だったドロシーが、ルースへの深い愛情を示すようになると、両者はお堅い父親に付き添われる仲良しの女の子同士のようになった。やがてドロシーも中年にさしかかり、毛も灰色になって貫禄《かんろく》がつくと同時に、すこし頑固になって心気症気味になる。するとアレックスはルースに向かって、こんなジョークをよく飛ばしたものだった——なんだかおれとおまえは、オールドミスの叔母《おば》さんに添い寝されて見張られている、不倫の愛人同士みたいだな。最近、夜中に目をさましてルースが起きあがると、ベッドの上の見慣れた光景が目に入る。仰向《あおむ》けに寝ている白い顎ひげのアレックスと、やはり仰向けに寝ている、ひとまわり小さなドロシー。しかも、自分とドロシーはアレックスを挟んで両側に寝ているのだから、まるで老いたる一夫多妻主義者と二人の老妻もいいところだわ、などと考えてしまう。そしていま、こうして交通渋滞に巻き込まれながら、自分とアレックスは夫婦生活の大事なかなめを、それも無防備なかなめを、まな板にのせて運んでいるんだ、とルースは思う。

「いつからこんな渋滞なんだい？」と、アレックスが運転手にたずねる。「何が原因か知ってるかね？」

「ミッドタウン・トンネルが火事だって、さっき乗せたお客さんが言ってましたっけ。でも、うちの会社の配車係は、火事なんか起きてない、と言ってます」

「タンクローリーが立ち往生しているなんてこと、言ってなかったかい、配車係は？」

「クビになりたくなかったら働け、と言ってます、うちの配車係は」

アレックスは窓の外をながめる。〈コスモス・コインランドリー〉がひらいていて、ずんぐりした熟年の女性オーナーがシーツをたたんでいる。〈ルルのネイル〉もひらいていて、プラチナ・ブロンドのコリアンのネイリストが戸口でタバコをふかしている。アパートメントの一階の窓があいたと思うと、若い女性のほっそりした腕が格子の間から突きだされ、ハンディ・クリーナーにたまったゴミをあけている。ゴミは雪と同じスピードでふわふわと舞い降りる。何かとんでもないことが実際に起きているのだったら、どうして人々はいつもどおりの暮らしをしているのだろう？

ルースが自分の側の窓の外を見ようとすると、ガラスがくもってしまっている。けさ、ドロシーをつれて外に出たときの光景が甦ってくる。一晩のあいだに、新しい氷が階段のステップに張りついていた。非常口の階段にも。煉瓦《れんが》と、煉瓦のあいだの古いモルタルにも。鎖でつながれたゴミ・バケツにも。エアコンの室外機のルーヴァーにも。そして、てかてか光る鍛鉄の柵囲いの中からのびているあらゆる樹木のあらゆる枝にも。早朝の光の下、街路は銀色に輝いていた。住み慣れた街の風景を抱きしめたいような愛おしさがこみあげてきて、ルースは泣きそうになった。こんなに慣れ親しんだ光景から、自分たちは引き離されようとしているのだ。それもこれも、この歳になって楽な暮らしをしたくなったがために。背後の入口の年季のいった扉を、ルースはそっと閉めたのだった(明日のオープン・ルームの前に古いガラスが割れてしまわないように)。そして、階段の手すりをしっかりとつかんだ(凍りついたステップで足をすべらせないように)。まるで、おっかなびっくりの老婆みたいじゃない、と思った。どうして歳をとると、楽な暮らしがしたくなるのだろう。もちろん、歳をとると、楽なことなど何もないからだ。そのとき、三日前にリリーの契約書に署名して以来初めて、あのめくるめくような昂揚《こうよう》感がもどってきた。マンハッタンは無理でも、百万ドルあればどんなところでも格好のアパートメントが見つかるだろう——ジャージーの海沿いだって。いつか『ニューヨーカー』誌の広告に出ていた、ノース・カロライナの車の要《い》らない島だって。あるいは、妹の家に近いフロリダのフォート・マイヤーズだって。でも、よくよく考えれば、日中は暑すぎて街も出歩けないという南フロリダにはいきたくない——アレックスも自分も車の運転はできないのだ——それに、知り合いのだれもいないジャージーの海沿いもぞっとしない。海の真ん中の、車の要らない島というのも、どんなものだろう。だいたい、人間という動物は、飽きずにどれくらいぽけーっと海を眺めていられるものだろうか。そうなんだ、と思った。たとえだれかから百万ドルの小切手をもらおうとも、アレックスが悠々と画業にいそしめるアトリエを備えたエレベーター付きのアパートメントなど見つからないかもしれないのに、生粋《きっすい》のニューヨーカーである自分たち夫婦はいま、〝わが街〟から閉めだされようとしているのだ。急に腹が立ってきて、背後から突き飛ばされたように、階段をたったと降りた。リードでつながれたドロシーも、背後から階段を駆け下りてきた。もしかしたら、ドロシーはあのとき背中を痛めたのだろうか？　どうしてあのとき、抱きあげてやらなかったのだろう？

アレックスは膝をゆすって、足を踏み鳴らす。そうすればすこしでもタクシーが前進できるかのように。この十分間、タクシーは一番街の三十四丁目の交差点で市内循環バスの後ろに貼りついたまま。ドロシーの呻き声は聞こえなくても、苦しそうな気配はアレックスにも感じとれる。ドロシーは体重を移動させて、重苦しい喘《あえ》ぎ声を出している。

「三番街にまわったほうが早いんじゃないか？」アレックスは運転手にたずねる。

「給料がほしかったら頭は使うな、とうちの配車係には言われています」

アレックスは三番街のほうに目を走らせる。三十四丁目の通りも、車やバスで埋まっているようだ。消防車やパトカーの数もさっきより増えている。いまや歩道もテレビ局の取材班の連中がふさいでいる。「ラジオをつけてくれないか、ニュースを聞きたいんだ」運転手に頼んだ。

運転手がラジオをつける。だが、流れてきた音はアレックスの耳に、イースト川の川底から放送されているように聞こえる。「もっと大きくしてくれないかな」ルースがきっとアレックスの顔を見る。「まあ、補聴器を忘れちゃったの？　よりによって、こんな日に」

外に出てから聞こえていた低い物悲しげな音は、現実の音が押しつぶされていたんだ、とアレックスは気づく。どうしよう。これで、音に関する限り無防備になってしまった。サイレンがどっちから近づいてどっちに向かうのかも、わからないだろう。何か危険な事態が街の騒音に反映されても、わかるまい。だが、心配なのはそれだけではなかった。この街と渉《わた》り合うだけなら、耳が聞こえなくてもなんとかやっていける。心配なのは、これから向かう動物病院だ。ナースがあまりに早口だったり、声が低かったりしたら、どうしよう？　医師の口調に訛《なま》りがあったり、もぐもぐとしゃべるやつだったらどうしよう？　ドロシーの容態がどうなのか、いちいちルースに訊きただささなければならない。

「やっぱり、タンクローリーがトンネルをふさいでいるんだわ」ルースが言う。

「火事は起きてないようですがね」と、運転手。

「トンネルの両側で、警察が交通を遮断しているんですって。みんな車をトンネル内に放置して逃げだしているそうよ」アレックスの耳には微かな雑音としか聞こえないラジオのニュースを、ルースが伝えてくれる。「わたしたち、いまちょうどトンネルの上あたりにいるんじゃない？」

アレックスとルースと運転手が同時に下を向いたとき、市内循環バスががくんと動きだし、路面をふさいでいた車の防塁にほころびが生じる。すかさずタクシーは、にじり寄るように走りだして、一番街をゆっくりと前進する。

「タンクローリーはV字型にくねって、上りの車線を完全にふさいでいるんですって」ルースがつづける。「単なる事故なのか、運転手の故意によるものなのか、警察はまだ判断できないんだそうよ。ニューヨーク市長が市民に呼びかけているらしいわ。みんな冷静を保って、今夜はマンハッタンに入るのを控えるように、って。こんな状態で、マンハッタンに向かう人なんているかしらね？」

動物病院の五ブロック手前で、タクシーががくんと停止する。トンネルに向かっていた車がみんな迂回《うかい》して五十九丁目橋に向かったため、新たな渋滞が生じているのだ。四車線しかない古い橋は、殺到する車をさばき切れないのだろう。前方で信号が変わっているのに、車はぴくりとも動かない。そのうち、クラクションも鳴らなくなってしまった。右でも左でもタクシーの乗客が車から降りて、北の方角に歩きはじめている。みんな荷物を腕に抱えている。クリーニングの衣類。食料品。幼児。折りたたんだベビーカー。まだ値札がついたままの等身大の鏡まで。

「ドティ、寒さでふるえちゃうわね」

「でも、仕方ないだろう」

ルースが毛布を二つ折りにしてドロシーをくるみ、アレックスがタクシーの料金を払う。一刻も早くドロシーを病院につれていきたい。周囲にはパニックめいた雰囲気が充満し、せき止められた何千台もの車のエンジンの低い唸《うな》り音が、恐怖の波動のように足元を揺らしている。早くここから逃げださなければと、アドレナリンが体中を駆けめぐる。それでもアレックスは足を踏ん張って、領収書をくれ、と運転手に要求する。

動物病院の、暖房が効きすぎているロビー。「運転免許証は？　写真付きのＩＤカードでもいいですが」金属検知器のわきで、まん丸い顔の若いガードマンが呼びかける。

五ブロックを急ぎ足で歩いてきたので、ルースとアレックスは息を切らし、寒さのあまり目も涙でうるんでいる。ロビーに入った瞬間暖房の熱気に包まれて、ドロシーのふるえがややおさまったようにルースは感じる。全身の妙なこわばりも薄らいだようだ。毛布を押さえていた手の力を弱める――しっかりつかんでいないとドロシーがますます弱ってしまうのでは、と心配なのだけれど。アレックスがガードマンの横のテーブルにそっとまな板を置く。二人はそれぞれ写真入りのＩＤカードをとりだして、ガードマンに見せる――アレックスはジムの会員証、ルースは二十五年前の教員組合の組合員証（五十二歳のときのルースは、あの喜劇女優イモジーン・コカが眼鏡をかけたところにそっくりだった）。

二人はまな板をもちあげて、後ろ向きのアレックスを先頭に金属検知器を通り抜けようとする。ブザーが鳴る。二人は元の位置にもどり、ドロシーをテーブルに置いてからポケットをまさぐって、鍵やコインをとりだす。また最初から磁場を通り抜けようとするのだが、またしてもブザーが鳴ってしまう。アレックスが腕時計をはずし、ルースはガードマンにハンドバッグを手渡して、中をあらためてもらう――鉛筆。二年分のメールがたまっている携帯（古いメールの読みとり法が、ルースにもアレックスにもわからない）。図書カードの裏から剝がれ落ちた、バーコードの印刷されたセロファン。犬向けのご褒美の袋。二人はもう一度ドロシーをもちあげて敷居をまたごうとする。またしてもブザーが鳴って、鳴りやまない。

「この子が苦しんでいるのがわからない？　どうしてこんなチェックをする必要があるの？」ルースが訊く。

「一応、安全上の規則なので」

「だけど、病気の猫や犬でいっぱいの病院を爆破しようとする人なんて、いると思う？」

アレックスがそっと妻の袖を引く。ブザーが鳴る原因がわかったのだ。ドロシーの豹柄《ひょうがら》の首輪についている金属製のバックルだった。その首輪はルースが買ったものだった。これをドロシーにつけさせたら、きっと驕慢《きょうまん》な感じ、そう、嚙《か》みつくのが上手な熟年のSMの女王みたいに見えて面白いんじゃないか、と思ったのだ。アレックスがドロシーの首輪をはずしにかかる。見ていると、まるで病身の妻の首飾りをはずしてやろうとする夫のような、情愛のこもった慎重な手つきだった。

緊急治療室の受付カウンターは、水槽のようにガラスで囲まれている。受付係は化粧の濃い大柄な女で、猫の毛のついたピンク色のカーディガンを着ている。ハーフグラスから目を覗《のぞ》かせて、矢継ぎ早に訊いてきた。「お名前は？　住所は？　電話番号は？　ペットの名前は？」

「ドロシーだ」アレックスが答える。

それを聞いて、まな板の上の毛布がもぞもぞと動いたのにアレックスは気づく。すこしもちあがった地味な毛布のへりの下から、ドロシーの片方の目が見あげている。

「で、ドロシーちゃん、どこが悪いのかしら？」

他にだれがあたしの名前を知っているのだろうと、片方だけ覗いた目がきょろきょろと動く。いま毛布をもちあげたら、そこにはこちらを信頼し切った巨《おお》きな一対の目しかないんじゃないかと、アレックスは一瞬思う。「後ろ足がうまく動かないらしくてね」アレックスは答える。

〝下半身不随〟と受付の女が書き留めるのを、アレックスは信じられない思いで見守る。

「他に悪いところはあります？」

「それだけ悪ければ十分じゃない？」ルースが答える。

「いつごろから悪いんですか？」

「夕食の最中に気づいたんだけどね」

「じゃ、おすわりになってお待ちください。すぐにお呼びしますので」

「頼むよ。二時間近くかかってしまったんだ、ここまでくるのに。何か事件が発生してね」

受付係は軽く顔を横にふって、アレックスとルースとドロシーの背後のほうを見る。

あんなに可哀そうなワンコたちが他にもいるんですよ、と言わんばかりの目つきなので、思わずアレックスはその視線の先に目を走らせる。こちら向きに並んだプラスティック製の椅子に、先客たちがすわっている。ビジネスマンとポメラニアン。老齢の女性とチワワ。そして、ヒスパニック系の女性とセント・バーナード。ポメラニアンの左目がくずれている。チェリーのように赤くて丸い目が、眼窩《がんか》からすこしたれさがっているように見えるのだ。チワワは黄色いタオルにくるまれて呻き声をあげている。セント・バーナードはというと、まるで床が揺れているように大きく体を左右に動かしている。

アレックスとルースはチワワの飼い主の隣りの空席にゆき、ドロシーをあいだにはさんで両脇にすわる。

「どうなさったの、おたくの子は?」チワワの飼い主が声をかけてくる。

「背中の調子が悪いみたいで」ルースが答える。

「うちの子はね、けさ気づいたら、やたらと一か所をぐるぐるまわってるの」二匹の犬に聞かれまいとするかのように、チワワの飼い主は声をひそめる。

「あたしんちのかかりつけの獣医ときたら、脂肪沈着だなんて言うんだから」セント・バーナードの飼い主が、巨大な犬の、ゆらゆら揺れる耳をもちあげてみせる。それこそチワワくらいの大きさの肉の塊が、もりあがっている。「これ、脂肪沈着なんかに見える？　とんでもない。あたし、自分に脂肪沈着があるから、よくわかってんのよ。これ、絶対に脂肪なんかじゃないんだから」

「うちの子、目が見えないらしいの。でも、どうなんだか」チワワの飼い主がつづける。「実はね、わたしもこの子も糖尿病なのよ。だから二人して同じインシュリンを射ってるんだけど。おかげですこしは楽だから」

「ドロシーちゃんの飼い主の方、第一診療室にお入りください」スピーカーから受付係の声が流れる。

自分の名前が呼ばれるのを聞いて、ドロシーがまたもむっくりと起きあがる。こんどはアレックスも毛布を払いのける。ドロシーは尻尾《しっぽ》をお尻の下に敷き、背中を弓なりにそらして、首を突っ張っている。後ろ足を奇妙な、苦しそうな角度で折ったまま、それでもドロシーは信頼し切った目でこちらを見あげようとする。アレックスはまな板からドロシーを抱えあげ、ルースと二人で第一診療室に運んでゆく。

「わたしたちの天使ですものね」チワワの飼い主が背後から声をかけてくれる。

診療室はいかにも殺風景だった。真ん中に金属製のテーブルが一つと、椅子が二脚。部屋の隅には薬品の説明書のつまった、透明なプラスティックのキャビネット。ドアの背面には、初老の夫婦と子犬と一本の棒を描いたマンガがセロテープで貼りつけてある。こういうセリフが入っていた――夫：フェッチ（あれをとってこい）。子犬：

ふん、ぼくはもう尻尾を振りすぎて痛いし、安物のドッグフードばっか食べさせられておなかが痛いのに、まだそんなことさせんのかよ。妻：この子、あなたから〝グヴエッチ（ゴネ犬）〟って言われたと思ってるのよ。

そして白い壁にとりつけられたライトボックスには、忘れられたレントゲン写真が留めてある。その写真の意味するところは素人でも読みとれる。動物の肺が白っぽい影で埋まっているのだ。ただ、その動物が何なのか、アレックスにはわからない。人間の肺のようにも見えるのだが。

ドアがバタンとあいて、二十五歳くらいの医学生がクリップボードを手に入ってくる。背後のドアを閉めて、医学生は言う。

「最初にぼくがドロシーちゃんの病歴を聞かせていただいて、それからラッシュ先生が診断しますから」

「この台にのせたほうがいいのかな？」

「いや、そのまま押さえていてください。で、どうなさいました？」

「けさ、うちの前の階段を駆け下りたときに、もしかしたら背中を痛めたのかもしれないの」ルースが答える。

アレックスが妻の顔を見る。ルースは涙ぐんでいる。「どうして話してくれなかったんだ？」

「だって、夕食のときまで気がつかなかったから。言うほどのことじゃないと思ったし」医学生のほうを向いて、「いつもだと、わたしたちより先にテーブルにつくんだけど、この子は」

「ところが、今夜はおしっこをしたままキッチンの床にすわっているんだ」アレックスが言う。「抱きあげたところ、キャンと悲鳴をあげてね。どうも、後ろ足がうまく動かせないらしい」

「大好きなファラフェルのお店にいこうって誘っても、乗ってこないし」

「食欲のほうはどうですか、ここ最近の？」

「そういえば、けさは朝食に手をつけなかったね」

「下痢とか、嘔吐《おうと》とかは？」

「先週に一度あったかな」

「でも、そのときは何事もなかったし」ルースがつけ加える。「きっとパテがあたったんじゃないかと思ったの」

「日頃の行動で、何か変わったことは？　睡眠時間が増えたとか？　あまり遊びたがらないとか？」

「そういえば、最近、妙に神経質になっていたかな」

「ちょっとしたことで怖がってね」ルースがつけ加える。「大きな物音とか。サイレンとか。知らない人が近づいたときとか。一、二時間、うちで留守番しているときも、妙にオドオドして。この子らしくなかったわね。とても我慢強い子なのに」

「かかりつけのお医者さんから、クロミカルムを処方してもらったりしてたんだ」アレックスが説明する。

「他にもお薬を使ってました？」

「ズブリンを二十五ミリグラム、それと甲状腺の薬のソロキシンに、皮膚炎の薬のアトピカかな」

「アレルギーはありますか？」

「ええ、イチゴとココナッツに」

医師が部屋に入ってきた。牛の大群の絵をあしらったネクタイをしめている。顔から首にニキビの跡が残っていて、青い目がとても柔和に見える。

「ドロシーちゃんを診察台にのせてください」医学生がアレックスに促す。

「可哀そうに、どうしたんだね、ホットドッグちゃん？」医師がたずね、自己紹介代わりに手の甲の匂いをドロシーにかがせる。優しそうな手だな、とアレックスは思うのだが、ドロシーは何の関心も示さない。医師がそこにいることすら気づいていないようだ。

ドロシーに無用な痛みを与えまいとしてか、医師は優しくあちこちを撫《な》でたりしつついたりして触診し、反応を見る。鉛筆についている小さな消しゴムを使って、反応をたしかめる。ドロシーの神経はそれほど繊細なのだ。肩甲骨のあいだの高く盛りあった部分を軽く叩《たた》くと、前足がぴくっと跳ねる。おなかを叩いても、後ろ足はだらんとしたまま。こんどはおなかを支えて四本足で立たせ、手を放す。医師の見守る前で、ドロシーの後ろ足はまるで空気が抜けたかのように力なくくずおれてしまう。すると医師はドロシーを床の上に移す。

「名前を呼んであげてください」

アレックスが部屋の隅までいって、ドロシーと向かい合う。ドロシー自身が、このテストには合格しそうもないと思っていることが感じとれる。と同時に、耳がピクリと動いたことから、何とかこちらに歩み寄ろうとしていることも感じとれる。こっちにおいで、とアレックスは手招きする。

ドロシーは先のとがっていない爪でリノリウムの床をかきむしり、しぼった雑巾のような後ろ足を引きずって、なんとかアレックスに近づこうとする。

「見ていられないわ」ルースは外の廊下に逃げだしてしまい、アレックスが一人でドロシーの難儀する様子を見守る。

医師がテストを中止して、ルースを中に呼びもどす。

「十中八九、椎間板《ついかんばん》の異常ですね」と、医師は二人に告げる。「ただし、神経性の疾患の可能性もあります。悪性腫瘍の線も、捨てきれない。レントゲンを撮れば、確実なことがわかるでしょう」

「でも、先生の推測では、単なるヘルニアなんですよね？」藁にもすがる思いで、ルースがたずねる。

「いえ、椎間板の破裂でしょう。その線が強いなあ。よくあることなんですよ、短足で胴長の、軟骨の発育が不全な犬では。いわゆる矮小《わいしょう》動物といいますかね。支える鋼索のない吊り橋を想像してみてください。これはあくまでも推測で、レントゲンを撮ってみないことにははっきり言えません」ドロシーの頭を撫でながら、医師はささやく。「大丈夫だよ、うちにはダックスフント用の特別なレントゲン撮影装置があるから」ドロシーを抱いて、医師は診察室から出てゆく。

「じゃあ、ここでしばらくお待ちください」

医学生に告げられて、二人は椅子に腰をおろす。

「椎間板の破裂って、治せるのかしら？」ルースが言う。

「だといいがね」

「あの子が朝食をたべなかったって、どうして話してくれなかったの？」

「たいしたことじゃないと思ったんだよ、あのときは」アレックスは答える。が、胸の中では、いや、そうでもなかったな、と思い返す。けさのドロシーはどこかおかしいと、自分でも気づくべきだったのだ。朝の散歩からもどってきたドロシーは、アトリエでふるえていた。きっと寒いんだろう、とあのときは思い、バスローブの中に抱きこんでやったのだ。そうして体を撫でさすってやっているうちに、ふるえもおさまった。自分の腕の中で、ドロシーはすぐに吐息を洩らしはじめた。満足しきっているような、ゆったりとした深い吐息。それを聞きながら、自分も同じような溜息をつけたら、とあのときは思ったりもした。これから夫婦二人で新生活に踏みだすことなど考えずに、ゆっくりと息を吸い、息を吐き、不安と希望をつかのま忘れられたらどんなにいいだろう、と。だが、いまにしてわかる。あのときドロシーが洩らしていたのは満ち足りた吐息ではなく、苦痛の喘ぎ声だったのだ。あのときはちゃんと補聴器をつけていたのだから、それくらい聞き分けられたはずだったのに。

「レントゲンの撮影って、どれくらい時間がかかるの？」かすれた声でルースが訊く。

妻と自分自身の気をまぎらわせようと、アレックスは動物用薬品の宣伝パンフレットに手をのばす。いちばん上のやつをルースに見せた。プラカードを手にした猫の隊列がデモ行進している絵が描かれていた。プラカードの文句を声に出して読む――〝寄生虫退治にはレヴォルーションがいちばん。レヴォルーションを服《の》ませてよ！〟

「トンネルをふさいでいるタンクローリーって、故意にそうさせたのかしらね？　爆弾でもとりつけてあるのかしら？」

「そうじゃないといいがね」アレックスは答えて、次のパンフレットに手をのばす。歯医者の椅子にすわって、にかっと笑っているブルドッグが描かれている――〝ペトロデックスで磨けば、おたくのワンコは虫歯知らずだよん〟。ブルドッグの歯は、アレックスの歯よりも白い。

「わたしたちの家、去年のうちに売ったほうがよかったと思う、あなた？　決断が遅すぎたかな？」

医師が部屋にもどってきた。ドロシーは抱いていない。良くない知らせだということは、訊かなくてもわかる。

「心配があたりましたね」医師が二人に告げる。「やっぱり、椎間板の破裂です。まずプレドニゾンの投与で半日から一日、様子を見てみます。このステロイド療法で、かなり回復するワンコもいますのでね」

「それが効かない場合は？」アレックスが訊く。

「脊椎《せきつい》はかなり脆弱《ぜいじゃく》な器官でして。一度ダメージを受けると、修復はできません。ただ、犬は非常に適応性の高い動物です。完全に下半身が麻痺《まひ》した犬でも、車輪の助けを借りてボールを追いかけるような子もいますから。われわれ人間よりも平然と運命を受け容《い》れるんですね。下半身麻痺という診断が下されると、当のワンコより飼い主さんのほうが打ちのめされてしまうケースもままありますよ」

本当だろうか、とアレックスは思う。

「破裂が起きているのは、脊椎の上から三分の二あたりの位置、T－13とL－1のあいだです。ドロシーちゃんは目下、後ろ足が動けなくなっていますが、深部の痛みも感じているはずです」

「その痛み、なんとかならないんですか？」ルースが訊く。

「いえ、むしろ、深部の痛みを感じてほしいんですよ。痛みを感じるということは、脊椎の中を走る神経がすくなくとも一本は生きているということですからね。痛みが感じられれば、まだ希望が残っているんです」

痛みが希望を生むなんてことあるの？　ルースは考えてしまう。

「今晩中に容態が悪化しなければ、ステロイド療法をつづけて様子を見ます」

「もし悪化したら？」アレックスがたずねる。

「手術ですね。準備ができしだい片側椎弓《ついきゅう》切除術を行って、神経を圧迫している骨や椎間板の一部を除去します。ただ、仮に手術を行っても、その後の診断は破裂がどの程度のものかにかかってきますね。手術自体にも危険が伴うことはご承知おきください、とりわけドロシーちゃんの年齢を考えますとね。しかし、手術が有力なオプションであることは間違いありません。ま、そこにいくまでにステロイド療法が効くことを祈りましょう。何か変化があったら、ナースに電話させますから」

待合室にもどると、まな板と毛布が元のままの位置に置かれていた。

二人は所持しているかぎりのクレジット・カードをとりだして、会計窓口に並べる。トランプの手品みたいと思いながら、ルースはカードを選《よ》り分けて、ドロシーの治療費に充当可能な残額のある魔法のカードを探す――治療費はかなりの額になりそうだった。ステロイド療法。それが効かない場合は、高圧浸透剤。それも効かない場合は、ミエログラム（骨髄像の撮影）と片側椎弓切除術。それぞれの経費が、署名を求められた同意書に列挙されている。ドロシーの背中の治療には何千ドルもかかるかもしれない。それでもルースはすべての項目に同意の署名をしてから、書類を夫にまわす。見ていると、アレックスはさまざまな選択肢から最悪のシナリオ、〝もしもの場合は強いて蘇生《そせい》させない〟という項目にも署名している。

「ちょっと、何してるの、あなた？」ルースは切り口上で訊く。

「ドロシーの年齢を考えると、一か八かの手段はとらないほうがいいと思うんだ」

「でも、それはあなた一人で決めていいことじゃないでしょう。いつわたしに話すつもりだったの？　呼吸器の管を抜いてから？」

「ステロイド療法を行うのはいい。必要となったら、手術もいいだろう。でも、その結果、もう自力では歩けないとわかったら、蘇生手段はとらないように先生に頼んだほうがいいと思うんだ。ドティはこれまで幸せに暮らしてきた。しかし、自力で歩けなくなったら、トイレにいくにも助けが必要になるんだぞ。毎回、毎回。最悪の場合、垂れ流し状態になってしまうかもしれない。そこまでして延命させるのが、あの子にとって幸せかどうか。ドティ自身がそれを望むかどうか、わからんじゃないか」

「わたしはどんなことがあろうと、面倒を見るから」

「だから、ドティがそれを望むかどうか、ってことさ」

自分がどこにいるのか、ドロシーが認識していないわけではない。これまでもお医者さんの世話になったことはかなりあるのだ。たとえば、アレックスの個展のオープニングの日に一ポンド分のブリー・チーズを嚥《の》みこんでしまったとき。ザラザラのカーペットで足の爪をはがしてしまったとき。ファラフェルの店で発作を起こしたとき。公園でつい殺鼠剤《さっそざい》を口に入れてしまったとき。攻撃的なチワワの群れに襲われたとき。親切そうな男からサラミをやるぞと誘われて近づいたら、いきなりおなかを蹴られたとき。それと、つい先月にも。アパートメントに独り取り残されるのが不安で、とりわけ夕暮れどき、しだいに濃くなる夜の闇が怖くてたまらなくなり、孤独感と老齢のよるべなさが一体になって押し寄せてきたとき。ドロシーはこらえきれなくなって吠《ほ》えだし、アレックスとルースが帰宅した気配を感じると、声を限りに吠えたてて早く階段をのぼってきてと懇願した。そして、ようやく二人の姿を目にしたときには鳴き止《や》むことができなくなってしまった。そのときも翌日、かかりつけの獣医さんのところにつれていかれたのである。

でも、血相変えたアレックスとルースに、大慌てでこんな場所につれてこられたのは初めてだった。ここは難病と急病の動物たちでいっぱいの、摩天楼並みの大きさの巣箱に見える。ナースに抱かれて通るどの廊下も、血と尿の臭いがした。あまりの痛みで手足に力も入らず、早くよくなって温かい眠りの中にもぐりこみたい、とドロシーは思う。それでも五感をとぎすまし、通りすぎたドアの位置、たちこめている異臭の強さ、麝香《じゃこう》のような匂いの源を頭に刻みつける。それもこれも、いざとなったら一目散にアレックスとルースのもとに駆けもどれるようにするためだ。

周囲にケージの並んだ小さな部屋に入ると、ナースが鉄製の台車にドロシーをのせて、明るいランプの下に移動させる。何かひんやりとした鋭いものが肩甲骨のあいだに挿《さ》し込まれて、ドロシーは悲鳴をあげる。痛かったから、というより怖かったからだ。頭の中でオレンジ色の球体が炸裂《さくれつ》した後、いろいろな形となって痛みが意識に割りこんでくる。どうにか頭をねじってみると、自分は何かの液体の入った袋につながれている。袋は自分の体と同じくらいの大きさだ。これでは、うちに逃げ帰ろうとして床に降り立ったとしても、希望は持てない。後ろ足に加えて、あんな大きな袋をどうやって引きずっていけるだろう?

ドロシーは袋につながれたままケージに入れられる。右側のケージでは、黄色いタオルの下で何かが呻いている。左側のケージでは、鉄格子の間から何かが哀れっぽい声で鳴いている。他の犬が苦しんでいると、ドロシーは耐えられない気持ちになる。

で、目をつぶってしまうのだが、どこかで人間の声がすると、ハッと身を起こす。ひょっとすると、アレックスとルースが助けにきてくれたのだろうか？

病院のガラス張りの自動ドアが勢いよくひらく。夜気があまりに冷え込んで停滞しているので、街も静まり返っているのではないかと半ば期待する。とんでもない。街の騒音は平手打ちのようにルースを襲う。低く唸るような音が聞こえたとき、アレックスはすこしほっとする。病院を包んでいた、押し殺した絶望のような音以外の音なら、何でも歓迎だ。

まな板はアレックスが持ち、毛布はルースが持つ。タクシーを探したところで意味がない。イースト・サイド全域が、まだ渋滞で麻痺しているのだから。歩いたほうがずっと早く家に着くかもしれない――もし二人がこれほど意気消沈して疲れておらず、外気もこれほど冷え込んでいなかったなら。

「地下鉄でいってみようか?」アレックスが訊く。

「今夜だけはどんなトンネルを通るのもいや」

バス停の近くのビルの玄関から、毛皮のコートを着てスリッパをつっかけた女が出てきて、二番街のほうをうかがう。車のブレーキライトがどこまでもつづいている。上空には報道機関のヘリコプター。警官が車の列に隙間をあけて、何台もつづくFB

Ｉの装甲車両を通している。

「いったい、何事?」女がアレックスとルースに訊く。「うちのケーブル・テレビが映らないのよ」

「わたしらもこの二時間あまり、動物病院にいたものでね」

「うちの犬が半身不随になっちゃうかもしれないの」ドロシーの悲劇が街の非常事態に呑《の》み込まれてしまうのが我慢できずに、ルースが言う。

「はっきりしているのは、ミッドタウン・トンネルが閉鎖されたことだな」

「中でタンクローリーが壁にぶつかったんですって」ルースが情報を補う。「単なる事故なのか、運転手が故意にぶつけたのか、それがはっきりしないらしいけど」

「それでうちのケーブル・テレビが映らないのかしらね?」

バス停の近くにニューススタンドがあるのだが、新聞の見出しはもう古くなっている。カーテンのように吊り下がったタブロイド紙の背後で、売り子がトースター並みの大きさのテレビに見入っている。テレビ局のロゴマークが隅に映っているだけで、緑色の画面には何もとらえられていない。ただ、よくよく見ると中央にぼんやり輝いているものがあって、どうやらトンネルの奥で止まっているタンクローリーのヘッドライトらしい。黄色い球体はしだいに近づいてきて、大きく、鮮やかに、くっきりと見えてきた。

「だれがカメラを操作しているんだい？」アレックスが売り子に訊く。

「ＦＢＩだよ。爆弾探知用の無人ロボットで、頭のてっぺんに夜間透視カメラがついてるんだ」テレビから一瞬も目を離さずに売り子が答える。

ルースとアレックスの目には、ヘッドライトの背後のぼんやりとした影が見えてくる。実体のある形態というよりは朦朧《もうろう》とした影。海底に沈んだ船体のような、亡霊めいた遺物。数時間前というより、もう数十年前からトンネルにひそんでいたかのような怪物。

「爆弾が仕掛けられていると見ているのかな、警察は？」

アレックスが訊くと、売り子は肩をすくめる。「運転手を依然捜しているらしいぜ」

「まだ運転席にいるのかい？」

「あのタンクローリーにはガソリンが一万ガロン積まれてるんだぜ。あんただったら、運転席に残っていたいかい？」

市内循環バスの車内は香水や汗のにおいでむんむんしていて、立錐《りっすい》の余地もない。ルースは後部、アレックスは前方のお年寄りや体の不自由な人向け優先席の近くにと、離れ離れになってしまう。急ブレーキでがくんと揺れたとき、アレックスは思わず吊り革をつかむ。すると、中年の女性が席を譲ってくれた。いつもだと、譲られる自分が情けないと思うのだが、今夜ばかりは無性にありがたい。席に腰をおろし、また板を膝にのせ、つかのま目を閉じる。それっきり、もう目をあける気にもなれない。床下から熱気がたちのぼり、バスがリズミカルに揺れ、また板が毛布のように感じられてくる。つい眠ってしまいそうになる。疲れが押し寄せてきたからというより、水ぶくれにポチンと穴をあけたときのような、体の芯からほっとする安堵《あんど》感が押し寄せてきたからだ。

トンネルで起きている事態については世間さま同様に気がかりだが、おかげで湧いてきた言いようのない解放感は否みようがない。これで自分は一時的に救済されたも同然なのだから。世間がこういう状況であれば、明日、家探しの連中にアトリエを荒らされることもあるまい。家を見にくる連中は、きっと床に積まれた絵をよけようとして、濡《ぬ》れた手袋で作業台にべたべたさわるだろう。その台の表面は常日頃手術台のようにきれいに、清潔に保っているのに。そして彼らは、一面にスケッチで蔽《おお》われた壁の寸法をメジャーで測ってまわる——そうやって、絵描きの仕事に必要な混沌《こんとん》と整頓の微妙な融合は損なわれてしまうのだ。ほぼ五十年近くにわたって、アレックスはアトリエの壁を自分の想像力の成果で蔽ってきた。ちょうどカタツムリが自分の殻を形成する粘液をせっせと分泌するように。それなのに、あの不動産屋のリリーは、初めてわが家の査定にやってきてアトリエを覗いたとき、ここ、子供部屋に最適じゃないですか、とのたもうたのだ。

あなた、アトリエの内部を写真に撮っておけばいいのに、とルースは勧めた。そうすれば、新しいアトリエを——それがどこになるにせよ——これまで通りに再現できるじゃないの。

ルースにはわからないのだ、これはただ単に部屋の見た目の問題ではないのだということが。大切なのは、いつもながらの部屋の雰囲気、通気口から洩れる一定量の光線とか、そろそろ鳴るぞと思うときに鳴るラジエーターの音とか、そういう要素が保たれることなのである。想像力の放恣《ほうし》な発散を許す単調さ、たとえ一時的な狂気に走っても安全に守ってくれる部屋。いまアレックスが取り組んでいるのは、去年から一年がかりでつづけている彩色写本だ。かつて修道僧たちが丹精込めて聖書を金箔《きんぱく》で飾ったように、アレックスはいま、冷戦の最盛期にFBIが自分たち夫婦の行動を監視して編んだ七百五十ページのファイルに彩色を施しているのである。できあがった最初の分を公表したところ画壇から注目を浴びて、これは有望だ、という評判を集めた。もっとも、アレックスの歳では、いまさら有望だと言われてもぴんとこないのだが。

ともかく、いまの仕事が半分を越すまで——もう引き返せない段階に達するまで、引っ越しを先に延ばしたい、というのがアレックスの偽らざる本音だった。引っ越し騒ぎで仕事が中断したら、再開できるまで数か月はかかるだろうから。でも、いまさら待ってくれなどと、ルースに頼めるはずもない。仕事はいま七百五十ページ分のうち、五十一ページ目までしかたどりついていないのだ。ところが、いま、潮目が変わってきた。トンネルの騒ぎがつづく限り、引っ越しも延ばせるかもしれない。こんな騒ぎの真っ最中に、わざわざ〝子供部屋〟を物色しにくる人間なんているだろうか？

二人はセント・マークス・プレイス通りでバスを降りる。商売を終えたラヒムおやじが鉄のシャッターを下ろそうとしているところだった。ラヒムおやじのほうが先に二人に気づく。まな板をしっかりかかえて目をしょぼつかせている夫と、よれよれの毛布をつかんでいるその妻。なんだかどこぞの避難民みたいだな、とラヒムおやじは思う。

「ドティはどうなったね？」ラヒムおやじは声をかける。

「手術をすることになるかもしれないの」

「トンネル事故のほうは、何か進展があったかい？」アレックスが訊く。

「あのロボット、何も発見できなかったらしいぞ。でも、タンクの中に爆弾が仕掛けてあるかもしれない、とFBIは言ってる。エクソンのタンクローリーなんだな。肝心の運転手の所在が、まだつかめてないんだ。そもそも、衝突した際に運転手がハンドルを握っていたのかどうかすら、警察は確認できていない。もしかしたら、あのタンクローリー、だれかにハイジャックされた可能性もあるとかで。タンクローリーから逃げだした男を目撃したという証人がいて、その話から作った似顔絵が、いまテレビに出まわっている。うちのアパートメントの管理人にそっくりだって、女房が電話してきたよ。しかしだね、ボイラーの修理もまともにできないうちの管理人が、どうしてタンクローリーの運転なんかできるんだい？」

ラヒムおやじはちらっとルースのほうに目を走らせる。ルースの分厚い眼鏡のレンズは霜でくもっている。それでも目が血走っているのがはっきりわかる。

「手術って、危険なのかい？」ラヒムおやじは訊かずにいられない。

「そうね、ドロシーの歳だと、何をやっても危険だから」

不動産屋のリリーの話だと、五階まで階段をのぼらなければならないのは不利ではあるけれど、商談の足を引っ張るほどではないという。「いまじゃ、イースト・ヴィレッジは若い層の居住区ですからね。みんなエネルギッシュで、流行に敏感なんです。それに、エレベーターがなければ管理費も安くつきますから」

ルースは階段を見あげる。なんだか鐘楼のてっぺんまでのぼってゆくような感じだ。バス停からここまで歩いてくるのだってやっとだったのに、アレックスはもう二段ずつ階段をのぼりはじめている。ここでは音が壁に谺《こだま》して、ひときわ大きく聞こえる。

アレックスの荒々しい息遣い、溜息、しだいに重々しくなる足音が耳に入る。それでも、夫はスピードをゆるめようとしない。あんなに頑張って、いったい何を証明しようとしているのだろう？　ああして頑張ることで、死神も蹴散らせると思っているのだろうか？　時間さえ無駄にしなければ命も長らえられる、と思っているのだろうか？

なんとか追いついたときには、アレックスはもう部屋の中に入っている。ルースは部屋の明かりをつける。ドロシーの玩具《おもちゃ》が床に散らばっている。ゴム製の郵便配達人。押すとキュッと鳴る模造ホットドッグ。テニスのボール。壁のフックからは、ドロシーの冬用のセーターとリードが吊り下がっている。キッチンに入ると、夫婦の椅子のあいだに手のつけてないボウルが置かれている。タイルの上にはドロシーの粗相の跡。

ルースはコートを脱いで掃除にとりかかる。ペイパー・タオルとクリーナーをとりあげて床にひざまずくと、階段を二段ずつのぼった夫に負けないようなパワーと根性を発揮して、ドロシーの粗相の跡を拭う。それからテーブルを片づけ、食べ残しのチキンをゴミ箱に放り込み、皿を軽く水に通して皿洗い機に積み重ねる。

「ルース」アレックスが声をかける。「掃除は明日にしようじゃないか」

「あしたのいつ？　オープン・ルームは九時にはじまるのよ」

「こんなときに家探しに駆けまわるやつなんて、いないんじゃないかな」

「おまえだったら、こんな週末にアパートメントを物色しにいくかい？」

「わからないわよ」

テーブルとカウンターの表面を拭いてから、ルースは箒《ほうき》をとりだしてタイル張りの床掃除にとりかかる。もうアレックスと同じように体が勝手に動いている。床をきれいにしておけば、部屋を見にくるエネルギッシュで流行に敏感な若者たちは、天井にできたばかりのシミに気づくまい。そう自分は思っているのだろうか？　もう二十年も使っているガスレンジのつまみが欠けていることにも、気づかないとでも？　ペイパー・タオルとクリーナーで死神すら蹴散らせると思っているのだろうか、自分は？　アレックスが手伝おうとしているのを、目の隅でとらえる。玄関ホールからまな板を持ってくると、アレックスはそれにお湯をかけ、洗剤で洗ってからふきんで表面を拭っている。それが終わると、カウンターに置いた。信じられないような目で夫を見てから、ルースはまな板をとりあげて、チキンと一緒に始末できるようにゴミ・バケツにたてかける。

電話が鳴った。ドロシーの身に何かが起きたのだ！　ルースは受話器をつかんで、耳に押しつける。

「すみません、こんな遅い時間に。それでですね、あしたの八時半にお客様を一組おつれしますのでよろしく」

キッチンの向こう側から、アレックスが口だけを動かして訊く。病院かい？　ちがうのよ、と首を振ってから、ルースはリリーに訊き返す。「でも、トンネルの事故は影響しないの？」

「あの9・11の翌日にも、あたし、トライベッカ地区のロフトの契約をまとめましたから。そりゃ、どっと押し寄せたりはしないでしょうけど、本気で家探しをしている人たちはやってきますよ。そのほうが助かりますからね、あたしたちにとっては」

ルースは電話を切る。「あしたの朝八時半に、リリーがお客さんを一組つれてくるわ。オープン・ルームは決行よ」

アレックスがテレビのニュース・チャンネルをつけようとリモコンを探しているあいだに、ルースは眼鏡を探す。さっきお皿を洗ったときにはずしたはずなのだが、流しの隣りにはない。眼鏡をかけていないと、なんだか裸になったような気がする。衣服ばかりか魂まで奪われてしまったような、そんな感じ。眼鏡は九つのときからかけている。子供時代はブルックリンのキングズ・ハイウェイの周囲十ブロックのあたりですごしたのだが、眼鏡をかける前の世界は単なる光と影だった。最初に買ってもらった眼鏡のレンズは、テーブルのガラスの天板のように分厚かった。それを初めてかけて眼鏡屋さんの窓から外を眺めたときには、何といろいろなものが見えたことか

──ぼろ屑《くず》を運ぶ馬車につながれて口から泡を吹いている馬、タバコの吸い殻を拾っている人、パトロール中の警官、新聞で顔をあおいでいる新聞売り子、無料のスープをもらう列に並ぶ男たち。大不況に喘ぐ街の赤裸な人間模様だったのだが、個々の表情が実にくっきりと見えた。馬の顔まで含めて、どの顔も敗北、不安、怒り、飢え、そして当惑の色をあるがままに浮かべていたので、なんだか見てはならないものを見てしまったような気がしたものだ。自分のなかに初めて他者への同情心が湧いたのは、実社会の顔を鮮明に見たときの、あのショックのせいだったとルースはいまも信じている。いろいろな意味で、眼鏡は自分の人生を知っているのだ。

最初のフレームは、茶色の太いつる仕立てで、店でいちばん安価な品だった。母が選んだのだ。ロシアからの移民で五人の子持ちの母にとっては、あの当時、世の中を鮮明に、あるがままに見ることですら一種の贅沢《ぜいたく》だったのである。

次の眼鏡は、小さな、丸い、ワイヤーフレームのもので、ルースが自分で選んだ。十六歳のときのルースは、母の豊かな胸と父のもしゃもしゃの髪を受けついだ小柄な少女だった。その眼鏡を選んだのは、真面目《まじめ》な女性に見られたいという思いを、ワイヤーフレームの地味な感じが代弁してくれるだろうと思ったから。その頃、社会主義研究会に属した近眼のユダヤ系の少女たちは、例外なくワイヤーフレームの丸い眼鏡をかけていた。

初めてアレックスと知り合ったときは、黒い角縁の眼鏡をかけていた。アレックスは、戦争直後ニューヨーク市立大学に群らがっていた、肩幅の広い、やたらとタバコをふかす、情熱的で皮肉っぽい復員軍人あがりの学生たちの一人だった。絵の具の飛び散った陸軍のズボンをはき、授業中もフランスのタバコをふかしていた。教授の教えに不満なときは軽蔑の、感心したときは尊敬の表情を隠さなかった。ある日の午後、美術史のスライド映写のため教室の照明が落とされたとき、ルースはアレックスの隣りの席を占めて、じっと彼の顔を見つめつづけた。アレックスの目は、黒い剛《こわ》い眉の下で強い光を放つ珠《たま》のようだった。アレックスはそのとき、オランダ写実主義派の厳粛な絵よりも、太陽をまともに凝視しているかのように見えた。その日の夜、ルースは大統領候補ヘンリー・ウォーレス応援の会にアレックスを招いた——そのときルースは進歩党の大学支部で書記を務めていたのだ。アレックスは教室の戸口のわきに立って、最後まで居残っていた。緊張すると、ルースは眼鏡の奥でかたまってしまう。アレックスはそっと眼鏡をとりはずすと、その日の午後教室で見せたのと同じ真剣さでルースの裸の目を見つめた。それからまた、眼鏡をそっとルースの顔にかけた。それは物心ついて以来ルースが体験した最もセクシーな行為だった。その日からきっかり一週間後、ルースはアレックスのベッドに一糸もまとわず横たわっていた。眼鏡は床に置かれていた。

次の眼鏡は、アレックスと一緒に選んだ——当時流行のビートニク・ファッションの最先端をゆく、赤い、キャットアイ・タイプの都会的な眼鏡だった。大学を卒業後、初めて教師として黒板の前に立ったときも、ルースはその眼鏡をかけていた。その週に、二人はいま住んでいるアパートメントを五千ドルで買ったのである（当時は復員軍人援護法によって、一か月六十ドル七十五セントの補助金をアレックスはもらっていた）。夫婦の共通の友人たち——画家、同じ政党の支持者、女彫刻家と戦争で心を病んだその夫、マリファナをひっきりなしにふかすミュージシャンの夫婦ら——のほとんどは郊外に引っ越して、子供づくりに励んでいた。かつてマリファナをくわえていた唇に、おむつを留めるピンをくわえて。緑の庭もない、四角い箱のようなできたての家。すえたミルクとタルカム・パウダーのにおいのする、玩具の散らかったリビング。そこで、むずかる乳児を抱きながらルースは、自分がまだ妊娠したことがないのを口惜《くや》しがるようなふりをした。が、内心はほっとしていたのである。

そしていま、目がほとんど見えない状態で、分厚いレンズの、茶色い、丸い眼鏡（左のつるを透明なテープで補強してある）を探しながら、ルースは思うのだ、子供を持たずに自由に生きる道を選んだあのときの決意——と、あの思いが呼べるとしたら——その代償を、自分たちはいま払おうとしているのだ、と。自分たち二人の面倒を見てくれるのは、自分たち以外にない——それは、遠からず宇宙に散ってゆく二つの塵《ちり》のかけら。電子レンジの裏をさぐると、やっと指先が太いフレームに触れる。どうしてこんなところに眼鏡があるのだろう？

アレックスは、リモコンの左上の隅の赤いボタンを押す。他のボタンにはさわらないように注意しなければ。先月はついうっかりケーブル・テレビのプログラムを解除するボタンを押してしまって、えらい目にあった。ルースと二人でプログラムをやり直すのに週末のほとんどを費やしてしまったのだから。

補聴器を耳に突っこんで、テレビの向かい側のソファに腰をおろす。ルースも眼鏡をかけて、隣りに腰をおろす。

画面ではテレビ局のロゴをあしらった立方体が、ぐるぐるまわりながら二人に向かってくる。画面の下部を、主な株価の数字、スポーツ・ゲームのスコア、主要な事件の項目などが横に流れていく。そしてニュースキャスターの顔が画面いっぱいに映る。その目はなんとなくバセット・ハウンド種の犬に似ている。「今夜のニュースに視聴者の方々がどう反応したか、調査結果をお伝えします。あなたがニューヨーク市民だったら、この先トンネルや橋の利用を控えますか？　イエスが四十八パーセント、ノーが四十二パーセント、わからない、が十パーセントでした」

「目新しいニュースはないのね。まだ何もわからないんだわ。ただ時間を消化しているだけで」

「いや、そうは断言できないだろう。〝生中継〟となっているし。〝生中継〟のときは何か事件が起きているんだ、って言ったのはおまえじゃないか」

「でも、いまは〝生中継〟流行《ばや》りだし。〝生中継〟にしておけば何とかなると思っているのよ。いまじゃ〝生中継〟でわかるのは、ニュースキャスターがまだ生きている、ってことだけ」

電話がまた鳴る。二人はさっとコーヒー・テーブルの上の子機に目を走らせる。アレックスが受話器をとりあげた。が、耳に入るのは単調な発信音だけ。

「携帯だわ！」ルースが叫んで、ハンドバッグの中をかきまわす。着信音を発している携帯を耳に押しつけて、じっと聴き入る。目を閉じ、口をかすかに開き、髪をだれかにかきむしられているように額に皺をよせる。その表情を見ただけで、アレックスには相手がだれだかわかる。

送話口を手で押さえて、ルースは夫に伝える。「もう痛みは感じないでしょうって、ドロシーは。ただ、ステロイド療法は効き目がなくて、手術をしないといけないって。そのためにはまず検査をして、どの部位を手術するか決めるらしいわ。そのとき使用するお薬は発作をもたらすかもしれなくて、死につながる可能性もあるんですって。検査をするのは七時頃で、その結果手術可能とわかったら即手術に踏み切るそうよ。

それで、あなたとお話しがしたいって言ってる。クレジット・カード、あなたのを使ったからだと思う」携帯をアレックスにわたした。

電波を中継する衛星はちょうど頭上にいるし、テレビの音声は消してあるし、電話の会話には最上の条件のはずなのに、アレックスには話しかけてくる相手の声がほとんど聞こえない。女性の声が、三百とか、三千とか、言っている。ルースのほうを向くと、すでに立ちあがっていて、こちらに背を向けていた。眼鏡はソファのアームレストに置かれたままだ。キッチンの蛍光灯の光を受けて、二つのレンズに小さな二つの太陽が輝いている。

「検査の件は了解したよ」アレックスは相手の女性に伝える。「ただ、ラッシュ先生にぜひ伝えてくれんかね、検査の結果は携帯ではなく家の電話で教えてほしいと。手術前に、ぜひ先生とお話ししたいので」電話を切って、携帯を妻のバッグにもどす。

「ラッシュ先生、犬用の車椅子の話もしてたわね。飼い主より犬のほうがうまく順応できるんだって」

「信じられるかい、その話?」

「さあね」

ルースはまたソファに腰をおろし、バッグからティッシューを引きだして涙をふく。そして、濡れたティッシューを掌の中でまるめる――小さくかためて、ダイヤモンドにでもしようとするかのように。つとめてさりげない声で、アレックスが言う。「ドロシーはタフな老嬢だからね、ルース。きっと、わたしらを驚かせてくれるさ」

ルースの手をとって、テレビの画面の投げる不安定な薄明かりの中で肩を寄せ合う。ニュースキャスターはいま、ロボット工学の専門家に質問していて、専門家は眠たげな単調な口調で説明している。水中爆弾探知ロボットは一万ガロンのガソリン・タンクの中にも入っていけて、周囲に危険を及ぼすことなく、発火しやすい液体の中を探索できるのだという。「これは〝うなぎロボット〟と呼ばれていましてね。ウナギのようにくねくねと動いて、摩擦を最小限に留《とど》めることができるんです」

ルースの言ったとおりだ。目新しいことは何ひとつない。

自分でも気づかないうちにアレックスはこっくりと舟をこぎ、ハッと気がついてすわり直す。いまはルースの相手をしてやらなければ。だが、眠気には勝てない。何かしら大きな音――テレビの笑い声とか銃声――が静寂を破るときだけアレックスは元の世界にもどって、目をひらく。意識がつかのま現実にもどる瞬間、ルースの姿が目に入る――いまは眼鏡をかけていて、モルヒネの注射をするようにリモコンのチャンネル・ボタンを押している。ときどきテレビの画面が目に入る――M&Mチョコレートの踊るキャラクター、中年のロック・スターのくたびれた顔、血まみれの短剣、スペア・リブに塗りつけるバーベキュー・ソース、階段をのぼるRV車、炎上するボナンザの地図、チャチャチャを踊る猫、バセット犬のような目のニュースキャスター、気象予報図の上を転がる緑色のマーカー、毛虫を口に放り込んでいる上品な女性、いま暮らしているアパートメントの防犯カメラ映像、大統領の顔の描かれた記念皿、窓を通り抜ける男の顔、爆発する惑星。そして、またどうしようもなく眠りに引きこまれる瞬間、静穏な無の世界に沈みながら、アレックスはドロシーの姿を見る。検査室のリノリウムの床にうずくまって、自分が呼びかけるのを待っているドロシーの姿を。

　チャンネルめぐりを三回くり返したところで、ルースはニュース・チャンネルに落ち着く。アレックスが寝込むあいだに、今夜のトップ・ニュースのタイトル画面の構図がすでに決まっていた。爆弾探知ロボの透視カメラによるトンネルのロングショットに、赤と黒の大胆なサンセリフ体の文字が斜めにかぶさる――〝トンネルの危機〟。ルースはまた別のチャンネルに切り替える。スペア・リブに塗りつけるバーベキュー・ソース。ロナルド・レーガンの顔が描かれた金縁の皿。いま暮らしているアパートメントの、玄関近くに設置された防犯カメラのとらえているロビーの映像――いまは上の階に住む二十歳《はたち》のひょろっとした若者が映っている。その若者、いつも木靴をはいているのだが、いま大股にロビーを横切って外に出ようとしている。

　この防犯カメラの導入が問題になったとき、ルースはやきもきするような正義感から反対の声をあげた。昔を知らない年齢の住人たちに、見せかけの安全のためにプライヴァシーを犠牲にする危険を訴えたかったからだ。ところが、いざ防犯カメラが正式に作動しはじめて、チャンネル71をまわせば二十四時間いつでもロビーの様子が見られるようになると、ルースはいつのまにかそのチャンネルをときどきまわすようになっていた。ロビーの様子が気になって、このアパートメントに人が出入りする光景を見ているうちに、奇妙に癒されるようになったのだ。隣人たちが出たり入ったりするのを見て、何がそんなに面白いんだ、とアレックスに訊かれたとき、ルースはこう答えたのだった――「日がな一日玄関前の階段に腰かけていたミセス・ビルコフっていう人がいたじゃない？　あの頃、わたしたちを見張っているのはあの人だ、あの人がFBIに告げ口しているんだって、思ってたわよね。でも、いまはこういう気がするのよ、あの人、ただ単に往来の雑踏を眺めることで心の安らぎを得ていただけなんじゃないか、って」

入口の扉がひょろっとした若者の背後で閉まる。白黒画面に映る細いロビーは、他のすべてのチャンネルに映っている暗緑色のトンネルほどには剣呑《けんのん》なものに見えない。ともかく、いま、一匹の小さな犬の運命に比べたら、他のことはどうでもいいと思ってしまう。

どうして夫は、こんなときに眠れるのだろう？

どうして自分は眠れないのだろう？　体のあらゆる細胞に疲労がしみこんでいるというのに。めまぐるしく変化する映像を見せられたせいか、体の芯まで疲れている。明日はどんな一日になるかわからない。そのためにも、今夜はたっぷり寝ておかなければ。テレビの音を消して、ルースはメディスン・キャビネットの前にゆく。三つの棚は薬であふれ返っている。最上段はアレックスの薬、中段は自分の薬、最下段はドロシーの薬だ。最初に自分の棚を見まわして、市販の睡眠薬を探す。眠りをとじこめた青いダイヤのような錠剤を、八つのプラスティックの泡状の仕切りにおさめたシート。そのシートは見つかったものの、泡はどれもからっぽ。そうだ、きのうの晩、最後の錠剤も服んでしまったのだ。ならば代わりに、眠気を催すと警告している薬がないか、他の薬を選り分けてゆく――使用期限の切れたペニシリン、コレステロール値を抑えるリピトール、痔《じ》のクリーム、頭痛薬のアドヴィル、鎮痛薬のアレーヴェ、片頭痛薬のエキセドリン・マイグレン、以前使っていたスキン・ローション、そして耳栓。次にアレックスの棚を調べてみる――胃薬のガスX、胃腸薬のザンタック、胃酸抑制薬のネキシウム、膀胱《ぼうこう》炎治療薬のシステックス、鼻炎治療薬のスダフェッド、前立腺肥大治療薬のプロスカー、バイアグラ、高血圧抑制薬のアヴァプロ、狭心症治療薬のトプロル、ステロイド外用薬のヒドロコルチゾン、そして制酸剤入りの形の崩れかけたスティック。ドロシーの棚まで調べてみる――変形性関節症治療薬のズブリン、甲状腺機能低下治療薬のソロキシン、犬糸状虫《けんしじょうちゅう》の薬、蚤《のみ》退治の薬アドヴァンテージ、チキン風味の歯磨きペースト、アトピー性皮膚炎治療薬のアトピカ、分離不安症治療薬のクロミカルム、そして旅行用の鎮静剤の薬。

困った。今夜だけはしっかり眠っておきたいのに。さもないと、テレビで見たどんな情景よりも惑乱させられるパニックに突き落とされてしまうかもしれない。とにかく、わたしもアレックスも、明日の朝リリーがやってくる刻限までには起きて、シャワーを浴びて、身なりを整えていなければならないのだ。リリーがつれてくる若いカップルは、五階分の階段や天井のシミなどは気にしないかもしれない。でも、バスローブ姿で二人を出迎える七十代の夫婦のだらしなさは見逃さないだろう。

ルースはドロシーの旅行用鎮静剤の壜《びん》に手をのばして、ラベルに書かれた使用法を読む——〝体重五・二キログラムまでの犬には、旅行に出かける三十分前、もしくは必要なときに、一錠の四分の一を与えてください〟。自分の体重はドロシーの何倍だろう？　頭が真っ白になってしまう。子供にはあけられない仕様の蓋をなんとかあけて、掌に二錠揺すりだす。それを舌にのせ（チキンのような味がする）、水道の蛇口をひねって、動物のようにじかに水を飲んだ。これを嚥みこめばすこしは気が鎮まるだろうと思ったのに、鎮まるどころか。リビングに引き返し、アレックスに毛布をかけてやってから電気を消す。テレビのスイッチは切らずに、音だけを消す。こうしておけば、真夜中にアレックスが目をさましても、テレビがナイトランプの役を果たしてくれるはずだ。

ルースは夫婦の寝室に向かう。ナイトガウンに着替え、目覚まし時計を明朝七時にセットして、ベッドの自分の側に置く。でも、まだ横になって目を閉じる気にはなれない。鎮静剤のラベルには、薬が効きはじめるまでに三十分を要する、と書いてあった。まだ十分しかたっていない。

ベッドのわきの小さなテーブルで眠っていたパソコンを目覚めさせる。〝ようこそ〟の画面が現れるまで時間がかかりすぎるので、ときどき眠くなってしまうくらいだ。検索エンジンの画面になるのを待って、〝犬、ダックスフント、椎間板ヘルニア〟と、細長の窓に入力する。該当結果が六百八例現れる。でも、どれもクリックする気になれない。窓のブラインドの隙間を眺めるように、青い文字列のアドレスの数々を眺める。

しばらく考えてから、いちばん上のリンクをクリックした。ダックスフントの専門誌だ。表紙には三匹の子犬が写っていた。プールサイドで日向《ひなた》ぼっこをしている、ショートヘアのぶちの子犬たち。今月の特集は、〝椎間板疾患について知っておきたいこと〟と、〝春は可愛い子犬を見つけるチャンス〟。カーソルを〝椎間板疾患について知っておきたいこと〟に合わせる。でも、そのドアをひらく気にはまだなれない。そのドアをあければ、神経や、骨や、血に、面と向かうことになるはずだ。カーソルを下におろして、〝春は可愛い子犬を見つけるチャンス〟に合わせる。このドアの背後には、春の若々しい息吹があるにちがいない。でも、結局は自分を鼓舞して、〝椎間板疾患について知っておきたいこと〟をクリックする。

脊髄は髄膜という膜組織に守られています。その最も内側にある軟膜には、栄養分を運び、神経組織から老廃物を取り除く血管網が含まれています。髄膜を裏返しにすると、硬膜神経と呼ばれる多くの知覚神経線維が走っているのがわかります。そして、椎間板が脊柱管に突出すると、硬膜神経が圧迫されて炎症を起こし……

そこまでで、読むのをやめる。いまいちばん知りたいこと――ドロシーは助かるのだろうか、という問いにその文章が答えてくれないのはもうわかっている。文章の左右の余白には、広告がずらっと並んでいる。ダックスフント・カレンダー、ダックスフントのお人形、ホットドッグ型のダックスフント用ベッド、ダックスフント・アクセサリー、そしてダックスフント・ケーキ。ダックスフントの〝養子縁組・お助け〟サイトもあれば、悲しみをやわらげるカウンセリング・チャットルームを備えたダックスフント霊園まである。お悔やみのカードを選ぶためのリンクもある。

レインボウ・ブリッジ・カード

ペットを失った方にネット上で送るお悔やみカードの
デザインをお手伝い！

そのサンプルも添えられている。絵柄は野原で遊んでいる白いウサギ。文章は——〝あなたの大切なウサギちゃんのご逝去を、心からお悔やみ申し上げます〟。

つい吹きだしてしまってから、アレックスを起こさないように口をふさぐ。でも、夫はリビングで寝ているのだった。画面をスクロールして、次のサンプルに移る。こんどの絵柄は藤籠《とうかご》に入っているハムスターだ。そのお悔やみの文章——〝何よりも大切なお嬢ちゃまを失ったお悲しみ、いかばかりかとお察し申し上げます〟。

こんども吹きだしかけて、待てよ、と思う。いま喉からこみあげているのは、心の底から愉快がっている笑いではなく、逃避的な、ヒステリーじみた笑いではあるまいか。

この会社のもう一つの営業の柱は、手づくりの死亡告知カードだった。〝悲しみと共に〟と題されたカードのサンプルは、二〇〇四年一月九日の日付の入った、写真館で撮ったらしいアイリッシュ・セッターの白黒の写真。そこにメッセージが添えられている——〝皆様にお知らせします。わたしたちの最愛の息子、ジョーイ・リチャーズが、心臓発作で天に召されました。マーティとメアリー・リチャーズ〟。

そこで画面を閉じることにして、パソコンを休止状態にするための〝スリープ〟をクリックする。本当の眠り《スリープ》がこんなに簡単に得られたら、どんなにいいだろう。ルースはベッドにもぐりこむ。だが、眠りはやはり訪れない。体の隅々にまで疲労がしみこんでいるうえ、鎮静剤まで服んだのに。ナイトテーブルに置いてある本に手をのばした。『チェーホフ傑作集』。教員を定年で辞めたときには、『ニューヨーク・タイムズ』で賞賛されている新作の小説を片っ端から読んだものだった。それは在職中にはひたれなかった、けだるい快楽だった。が、最近は、とうに亡くなっているロシアの作家たちの小説しか読む気がしない。

この傑作集には次のような短編が収録されている――「クリスマス週間」、「発作」、「悲しみ」、「災厄」、「箱に入った男」、そして、「犬をつれた奥さん」。ルースは昔から好きだった「犬をつれた奥さん」のページをひらく。

遊歩道に見かけない人間が現れたという噂《うわさ》だった。犬をつれたご婦人だという。ヤルタで二週間すごしたドミトリー・ドミトリッチ・グーロフは、もう土地柄に慣れていたから、新来の人間に関心が向いた。ヴェルネ菓子店にすわっていると、遊歩道を歩いてくる金髪の若い女性が目に入った。中肉中背で、ベレーをかぶっている。白いポメラニアンが小走りに背後についていた。

その後、公園や広場でも一日に何度かその女を見かけた。いつも同じベレーをかぶり、白い犬を伴って、一人で歩いていた。何者なのか、だれにもわからず、ただ〝犬をつれた奥さん〟とみんなに呼ばれていた。

〝夫や友人と離れて一人でここにきているのなら〟と、グーロフは考えた。〝知り合いになるのも悪くなかろう〟。


ルースがまず気づいたのは、この物語の鍵を握っていると以前考えていた子犬がさほど重要な存在ではないな、ということだった。このポメラニアンは、チェーホフが二人の男女を引き合わせるために登場させた小道具――というか、口実――にすぎないのだ。


彼はポメラニアンを招き寄せた。そして子犬が近づいてくると、おどすように指を振った。ポメラニアンは唸り声をあげた。グーロフはまた指を振っておどした。

女はちらっとこちらを見て、すぐに目を伏せた。

「噛みつきませんから、その子は」女は言って、顔を赤らめた。

「骨をやってもかまいませんか？」

最初の密会の後、自分たちを待っている愛の深淵《しんえん》に二人のどちらも気づかないままに、〝犬をつれた奥さん〟はすっかり打ちひしがれて、ホテルのベッドで悔恨の涙を流す。一方グーロフのほうは、すこし鼻白んで苛立《いらだ》ちを覚えながら、西瓜《すいか》を一切れ切って、〝ゆっくりと〟食べる。前からルースが好きだったくだりだ。あの頃ルースが教えていたのは十年生だった。大半がジェイコブ・リース公営住宅のティーンエイジャーで、妊娠している女の子もまじっていたとはいえ本物の恋など未経験な若者ばかり。ロシアがどこにあるのか、ましてやヤルタの位置など知りもしない連中だった。そう、そういう生徒たちに、ルースはその細部描写の妙を教えようとしたのである。そう、いま愛し合ったばかりの女が沈み込んでいるのをよそに西瓜を食べるという無神経な行為。そこに、これから変転してゆく愛が暗示されているのだということを。このシーンで、チェーホフはポメラニアンに触れてはいない。だが、ポメラニアンは部屋のどこかにいて一部始終を見ていたにちがいないと、ルースは思っている。

一番街でサイレンの音が聞こえる。頭上をヘリコプターが通過する音も。また本に目を落とすのだが、活字がぼやけてしまう。こんなに多事多端な夜なのだ。一切れの西瓜に意識を凝らすことなど、だれができるだろう?

アレックスは目をさます。無音のテレビが、ぼうっとした光を放っている。ルースが体に毛布をかけてくれていた。ソファから身を起こして、ルースを探す。近頃はルースの居場所をたしかめるまでは――自分がいつ、どこで目をさまそうと――落ち着かない。

ルースは寝室のベッドで寝ていた。読書灯がついたままだった。仰向けに横たわっていて、安らかな顔で平静な寝息をたてている。眼鏡が斜めに鼻にかかっており、読みかけの『チェーホフ傑作集』が胸に伏せられている。この女を慈《いつく》しんでずいぶん長くなるので、この温かな感情が情熱なのか、慣れ親しんだ親愛感なのか、もう区別がつかない。眼鏡をはずしてやり、本をとりあげ、明かりを消して、リビングにとって返す。この部屋の窓は北、トンネルの方角を向いている。もし一万ガロンのガソリンが爆発していたら、夜空は赤々と燃えているはずだ。いまはいつものように闇に沈んでいる。

裏の通気口に面したアトリエに足を向けて、作業台のランプのスイッチをひねる。とりわけいまのような真夜中に、進行中の仕事の前に立つと、きまって驚きと恐怖に打たれる。この仕事はまだ生きているのだという驚きと、いつ落胆のあまり破り捨ててしまいかねないという恐怖。

自分たち夫婦を監視していたFBIのファイルの送付を申し込んだのは、ルースが言いだしたことだった。一九九〇年代後半、情報公開法によって冷戦時代の政府文書の機密指定が解除されたとき、左翼の旧友たちはこぞって――政治活動から足を洗っていた連中までが――自分たちを監視していたファイルの送付を申し込んだ。だれかの家に招《よ》ばれて食事をすると、きまってファイルを見せられた。目立つところに置かれていなくても、たいてい写真のアルバムの隣りに置かれていた。その場合肝心なのはファイルの厚さで、分厚ければ分厚いほど自分が当時どれだけ熱心に活動していたかの証拠になるわけである。いまはルーペなしに何も読めない老嬢が、かつての自分がどんなに活発な闘士だったか、とくとくと語ってくれたものだった。「見てよ、あなた、九百六十ページもあるのよ。まあ、なんて税金の無駄遣いをしたものかしら。それだけのお金を使ってわたしを監視するくらいなら、学校の一つも建てればよかったのに。FBIからそんな大物に見られていたのね、わたし?」

申し込んでから三年後に、やっと二人のファイルが届いたとき、思ったほど分厚くなかったのでルースは不満顔だった。「だって、そうでしょ、あのバーニスがやったことといったら、せいぜい嘆願書に二、三度署名したくらいなのよ。それなのに、監視ファイルが九百六十ページ分もあったなんて」

ルースの不満は、アレックスにもよく理解できた。自分だって、たいした力量もない画家の絵が絶賛されたりすると面白くないではないか。

二人でファイルを読みだしたときは、つけていたのをすっかり忘れていた古い日記を読み返すような気分だった。

アレックス・コーエン（一九二八年生まれ）、ニューヨーク市在住。一九四六年、名誉除隊。ルース・コーエン、旧姓カシュナー（一九三〇年生まれ）。一九五二年、ニューヨーク市立大学卒。一九五三年四月二十二日、結婚。一九五四年十一月十五日、水爆反対の無許可デモに参加、裁判所命令を無視した廉《かど》で逮捕。一九五五年十一月二十六日、教職員組合の会合に出席したことを通報者が目撃。一九五六年五月六日、アレックス・コーエンが共産党機関紙の挿絵を描いていることを、信頼のおける通報者の情報によりニューヨーク支局が把握。ルース・コーエンがハイスクールの生徒たちにロシアの作家アントン・チェーホフの作品を読ませていることも、通報者の情報によりニューヨーク支局が把握。

ファイルを通読すると、二人はまた最初から読み返した。こんどはファイルの中の通報者、自分たちを売った人物とはだれだったのか、その正体を乏しい手がかりから絞りだそうとして。

一九六七年十月十二日。監視対象者の隣人から電話で情報聴取。彼女は大変協力的で、FBIに対する敬意を表明した。彼女の情報によれば、夫婦のゴミ・バケツには、〝ベトナム反戦ロウアー・イースト・サイド女性連合〟の垂れ幕の残滓《ざんし》が入っていた。

この隣人とは、いったいだれだったのだろう？　やっぱり、玄関前の階段で暮らしていたも同然のウクライナ人の老婆、ミセス・ビルコフだったのだろうか？

そのうちルースは犯人探しに飽きてふつうの読書にもどったのだが、アレックスはFBIファイルから離れられなかった。ファイルの紙面のヴィジュアルな面白さの虜《とりこ》になってしまったのだ。ファイルはところどころ黒く塗りつぶされたり、部分的にぼかされたりしていた。通報者の名前も消されていた。その結果できあがったのは、ある種の抽象画のような、逃げ口上の結晶とも欺瞞《ぎまん》のシルエットとも呼べる紙面だった。このファイルに彩色したり、自分独自のイラストを描き込んだらどうだろう、というアイデアが浮かんだのは、それから数か月後、ある古書店で中世の装飾写本の時禱書《じとうしょ》のではないか、と瞬間的に思ったのだ。あのFBIファイルは、現代の時禱書のベースに使えるのではないか、と瞬間的に思ったのだ。カトリックの礼拝の手引書である時禱書には、ページの余白に十字架や聖人、殉教者や天使の絵が描き込まれている。それらの絵の代わりに、原子爆弾やマスケット銃兵、ツートン・カラーの冷蔵庫やフルシチョフの絵、それに自分たち夫婦の似顔絵などを描き込んだらどうだろう。そして装飾的で繊細な金箔の額縁などは使わずに、一九五〇年代に流行った紙のテーブルマットの絵柄に切り込みを入れて使う。聖書の詩編の代わりに、FBIを弾劾する文句を使ってやるのだ。

アレックスは作業台の前に腰をおろす。二つの木挽《こび》き台に戸板を渡しただけの簡単な作業台だ。いまとりかかっているのはファイルの五十一ページ目だが、もう九分どおり終わっていて、あとは周囲を紺青色の線で囲み、クロムグリーンの縁に沿って真紅のラインを引くだけでいい。この絵柄に向いた台紙として、小さな幾何学模様のあるマットがあるといいのだが、いま作業台にあるのは花柄模様のマットのみ。ヒナギクは、どう見てもこの構図には不向きだ。となると、自分で適当な模様の台紙を作らなければなるまい。エグザクト・ナイフと薄い型紙を手元に引き寄せる。ペンを握るようにナイフを握って、スパンコール大の三角形を型紙に刻み込む。うまくいったらナイフの先端をその三角形に突き刺して、そっとくり抜く。その手順を三十回くり返し、星形の断片を三十個くり抜くのだ。視界がぼやけてきても、決して目をそらさない。もしそらしたら、針の目を通すような集中力が途切れて、注意が一瞬にして散漫になってしまうだろう。

そう、あとかたもなく。

この作業の成否は、ナイフの先端だけでなく、ナイフの銀色の柄を握る指先にもかかっている。それはいまとりかかっているページのみならず、この後につづく六百九十九ページ分のファイルの出来をも左右するのだ。この神経過敏な大陸の、パニックに襲われた島に広がる怯《おび》えきった街。その一画にあるこのアトリエに、自分の生涯の画業が詰まっているのだが、このアトリエの将来もまたナイフを握る指先にかかっている。

そう考えてくると、最後に物をいうのは芸術の力だろう、という自分のはかない望みや、努力はいつか報われるはず、というルースの心許《こころもと》ない信念は、やはり実らないのではないかという気もしてくる。としたら、後にはいったい何が残るのか？

一匹の病んだ犬、かもしれない。

警報が響きわたって、人間が四方八方に走ってゆく。すぐそばにきた男性ナースがドロシーの隣りのケージをあけて、中に手を突っ込む。黄色いタオルにくるまれたままのチワワがドロシーのケージのわきを運ばれてゆき、鉄のテーブルに置かれる。目は白く濁り、舌をだらんと垂らしていた。ナースがそのチワワの肋骨《ろっこつ》のあたりを拳で叩きはじめる。「グリフォン先生を呼んでくれ、早く」もう一人の、女性のナースに向かって叫ぶ。女性のナースは、興奮している他の犬たちをなだめようと必死だ。頭上のビニール袋から透明な液体を首のあたりに注入されながら、ドロシーも興奮している。男性ナースがどんなに頑張っても、チワワはもうだめだろうと、ドロシーは思っている。女性ナースにしても、どう頑張ったって、この部屋に死神はいないと他の犬たちに信じ込ませることはできないだろう。

ドロシーはいつまでもここにいるつもりはない。なんとか逃げだす方法はないかと考えていた。もし前足をケージの鉄棒のあいだにくぐらせることができれば、なんとか隙間をあけて、あいだをすり抜けることができるはずだ。ところが鉄棒はびくともしない。前足は虚《むな》しく空を搔《か》きむしるだけだった。苦痛と麻痺で体がすっかり弱っているため、老いぼれ猫のように鉄棒を弱々しく叩くぐらいのことしかできない。

「さ、これからどこにいくんだと思う、リトル・ママ？」

ドロシーはすくみあがってしまう。声も出ない。だれが何をしゃべっているのか、目をあげて確かめる気にもなれない。頭《こうべ》を垂れ、体を縮めて、逆らう気がないことを示す。こうして顔をあげないでいれば、この男性ナースは自分のことを忘れて、他の犬を選ぶのでは？

が、男性ナースはケージの扉をあけて、こちらをつかまえようと手を差し伸べてくる。ドロシーは小さな黄色い歯をむきだす。それでも相手が手を引っ込めようとしないと、うーと唸って嚙みつく。

「大丈夫、何もしないから」口ひげを生やした男性ナースの顔がケージの戸口いっぱいに近づいて、ドロシーの首の名札を読みとる。「そうか、じゃ、いつも〝ドティ〟と呼ばれているんじゃないのかい、ママ？」

男性ナースはこちらの名前を知っている。

ドロシーはまた低く唸る。こんどは相手もすばやく後ずさる。でも、ドロシーは警戒をゆるめない。これまでも、ガラス窓に激突する小鳥や、毒入りの何かを食べてしまうネズミを見てきた。緑地帯に転がっている鹿の死体を見たこともある。たぶん、歯をむきだしただけではこのナースを追い散らすことはできないだろう。

男性ナースが口輪を手にもどってきた。真正面からぶつかっても勝てっこない。ドロシーは戦術を転換する。こちらに口輪をはめようとする指先を、ぺろぺろと舐《な》めてやる。

「いいぞ、ママ、じゃ、これは必要ないね」

男性ナースはびっくりするほど温かい手をドロシーの体の下にすべり込ませ、透明な液体の袋ごとケージの外に運びだす。まるで自分の子供のように、ドロシーをきつく胸にだきしめた。その高さからだと、依然として肋骨を拳でぶたれているチワワの姿も見える。男性ナースはドロシーを抱いて明るい照明の廊下を進み、大きな機械装置のある薄暗い部屋に入る。アシスタントの女性ナースが待ちかまえている。

「チワワの様子はどうお？」

「そいつは訊かないでくれ」男性ナースはドロシーの頭を撫でる。ドロシーはふるえている。「毛を剃《そ》ってやったほうがいいかな？」

「その前に、すこしリラックスさせてやろうよ」女性ナースはドロシーを受けとる。

「あんたは何かアレルギーがある、可愛い子ちゃん？」訊いてからドロシーのカルテに目を走らせて、「へえ、イチゴだって！　ココナッツもだめみたい」

「じゃ、ピニャコラーダ・カクテルは飲めないな、リトル・ママ」

もう一人のアシスタント、女性の麻酔医が戸口から覗き込む。「用意はいいのかな？」

「放射線科の先生がまだなんだ」

「じゃ、元気づけておいて、その子。すぐにもどるから」

女性ナースはドロシーを男性ナースにもどす。それから銀色のトレイをとりだして、いろいろなものを並べてゆく。何かのボトル。コットン・ボール。ドロシーの目にはナイフとフォークとスプーンのように見えるもの。

麻酔医が、こんどは肩でドアを押して入ってくる。ナースの助けを借りて、両手にゴムの手袋をはめてから、ドロシーを抱きとろうとする。

「名前は何なの？」

「ドロシーさ」男性ナースが答える。

「いまから、とても眠くなるわよ、ドロシー」麻酔医はドロシーをテーブルに横たえ、男性ナースが注射器を用意する。「最初は二十ccね。それで、様子を見てみようか」

注射器の針がドロシーとつながっているビニールのチューブに挿し込まれる。ドロシーは心地よい気分に包まれる。何かに引きずり込まれながら、同時に舞いあがってゆく。頭上にあった透明な液体の袋が、下に落ちてゆく。

「あら、もう七時十五分じゃない。ホワイトヘッド先生を探してきたら」麻酔医が女性ナースに言う。

「もうここにいるぞ」男の声が言う。ドアを押しあけると同時に男はキャメル・ヘアのコートを脱いでいる。ナースがさっと白衣を差しだす。「いやいや、ひどい交通渋滞でね。実はロング・アイランドに住む母を訪ねていたんだ。来週で八十になるんだがね。ミッドタウン・トンネルはまだ閉鎖されている。ブルックリン・クイーンズ・エクスプレスウェイなんぞは、まるで駐車場さ。すると頓馬《とんま》なおまわりがこっちを路肩に誘導するんだ。なんと、セキュリティ・チェックだとさ。何トンの爆薬を積んでいるかもしれないトラックが、どんどんわきを通りすぎてゆくんだぜ。それなのに、ポルシェを引き留めるんだからな。ちょっと待っててくれ、すぐにもどるから」

彼の背後でドアが閉まった瞬間、男性ナースが言う。「模範的な孝行息子だな。テロリストに襲われる危険もかえりみず、交通渋滞をものともせずに母親の様子を見にいくとはね。彼氏、十中八、九、またハンプトンの馬好きの女と寝てるぜ」

「どうお、まだあたしたちの声が聞こえる、ドロシー？」麻酔医がたずねる。ゴム手袋をはめた指先で、ドロシーの片方の目蓋をあけて、「もう十ccいこうか」

男性ナースが喜んで従う。

土曜日の朝

侵略

けさはアレックスもルースも、目覚まし時計の助けを借りずに目をさます。最初の曙光《しょこう》が射したときから二人は起きていた。寝室の窓は東に向いていて、黒い屋根の海に浮かぶ黒い煙突の列が見える。このアパートメントに越してきたときから、変わらない眺めだ。相手がもう目覚めていることに互いに気づかぬまま、二人は、煉瓦の胸壁を陽光が這《は》いのぼって煙突が黄金色に染まる様を黙って眺める。アレックスが色彩を理解する上で、屋根の上に日が昇る眺めは、エル・グレコの描くどの空にもまして重要だった。ルースと二人で歩んできた歳月、人生が耐えがたく思われたときも、目くるめくような希望に満ちていたときも、アレックスはこの日の出の瞬間を眺めてきた。モノクロームの冬も、春雨に濡れる朝も。そして、肌寒い夏の朝、情熱の果てた物憂さに包まれながら。

ルースにとっては、壮麗な夜明けの眺めは刺激的というより心休まるものだった。もう何度も読み返した小説は、結末を知ろうと急いでページを繰る必要もなく、こまかな細部や微妙なニュアンスをじっくり楽しむことができる。毎朝の日の出は、そうした小説の冒頭のシーンのように感じられるのだ。静かに眺めていると、やがて陽光は煙突をまたいで、雪を赤銅《しゃくどう》色に浮かびあがらせる。ほんのいっとき、窓も、カーテンも、天井も、壁も、ナイトスタンドに置かれた眼鏡も、すべてが終末的な赤に染まる。次の瞬間、まるでだれかが生まれたばかりの太陽に水をかけたかのように、灼《しゃく》熱《ねつ》の輝きが薄れて青白い冬の日輪が並んだ屋根の上に昇る。

アレックスの頬には寝皺が刻まれ、くだける寸前の波のように白い髪が逆立っている。鎮静剤のせいだろう、ルースの目は濁って血走っている。ラジエーターのパイプの中で、蒸気がしゅっと鳴っている。天井では上の階の足音が響いている。遠くで響く車のクラクションの音。何もかもが普段どおりなので、きょうのイヴェントに立ち向かうのが怖くて起きられずにいること自体、嘘《うそ》みたいに感じられる。そのうち、ベッドにドロシーがいないことに気づいて、二人ともハッとする。

「もう検査は終わったかしらね？」

「いや、まだ早いだろう」アレックスは一応時刻を調べようとする。文字盤の数字が大きめの目覚まし時計は、ベッドのルースの側に移されていた。それでも、アラームの時刻がドロシーの検査が行われる予定の七時に合わされているのは見てとれる。長針はいま12に近づこうとしているのに、ルースが気づいている気配はない。ルースはまだ窓の外を眺めている。アレックスはルースの体ごしに手をのばして、アラームをオフにする。

「検査の結果何もわからなかったら、どうしよう？　それでも手術をしてもらう？　やっぱり、できるだけのことはしてやったほうがいいわよね？」

「まあ、医師の判断を聞いてみようじゃないか。案外、いい結果が出るかもしれないし」

ルースは眼鏡に手をのばし、アレックスは補聴器をつける。

二人はそれぞれの側で床に足をおろす。リリーが八時半につれてくる予定の果敢な客を迎えるため、ルースは新しいハウスドレスを着てカーディガンをはおる。足にはウールのソックスをはいてローファーをつっかける。アレックスは洗いたての白いシャツを着て、きれいなスラックスをはく。ルースは薄くなりかけた灰色の髪に軽く櫛《くし》を入れ、アレックスは濡れた櫛で白い髪を撫でつける。ルースがコーヒーメーカーのスイッチを入れ、アレックスはテレビのニュースをつける。

昨夜のニュース特集のトップ画面が映っている——ロボットの夜間透視カメラが撮ったタンクローリーのヘッドライト。その上に、〝トンネルの危機〟の文字がかぶさっている。朝のニュースキャスターの金髪の女性がワシントンから約束する——コマーシャルの後で、タンクローリーの運転手のご両親と知人たちの特別インタヴューをお届けします。

「運転手がつかまって、事件は解決したのかもな」

「それはどうかしら。だって、トップ画面がきのうと同じだもの」

ルースはキッチンにもどる。一分後、コマーシャルが五分の一ほど進んだところで、妙にいい香りがリビングに漂ってくる。何の香りだろう。アレックスがキッチンにいってみると、ガスレンジにかかった鍋が沸騰していて、その前にルースが立っている。右のレンジが使われているのは、左側のレンジのつまみがなくなっているからだ。鍋を覗いてみると、泡立った湯の底でシナモンの棒が揺れている。

「シナモンの香りが漂っていると家庭的な雰囲気が出るから、ってリリーが言ってたの」熱い湯気のせいか、ルースの顔はピンク色に染まっている。くもった眼鏡のレンズには、うっすらと筋が走っている。「どうして連絡がないのかしらね、病院の先生から？」

タンクローリーの運転手の母親と叔父は胡桃《くるみ》のようにごつい顔をしていて、大きな目がぎろっと輝いている。二人はクイーンズ地区の連棟住宅の前の、雪で覆われた歩道に立っている。その背後には、なんとかテレビに映ろうと押し合いへし合いしている近所の住民たち。母親は厚手の黒いガウンの上にコートを着ている。頭にかぶっているスカーフは、寒さをしのぐためなのか宗教的な意味があるのか、アレックスにもルースにもわからない。なんだか彼女の祖母の代から着用されてきたもののように見える。ずんぐりした体格の叔父は小さな櫛のような黒い口ひげをたくわえていて、手にした声明文をしゃがれた硬い口調で読みあげる。感情が激してくると、声が割れる。

「わたしの甥《おい》、アブドル・パミールは信仰心の篤《あつ》い、優しくて親思いの息子であり、夫であり、父親であり、叔父であり、兄弟です。生まれはウズベキスタンで、二年前に誇り高いアメリカ国民になりました。彼が無事に帰宅することを、わたしらは切に望んでおります」

ニューヨーク・メッツの帽子をかぶって微笑《ほほえ》むパミールの顔写真が、テレビ画面の左上隅に現れる。年齢はおそらく三十に届いていないだろう。きれいな歯並みをしている。

パミールの母親が、叔父に付き添われて連棟家屋の中に入ろうとすると、オレンジ色のパーカを着た赤毛のレポーターが追いすがって質問を投げる。「息子さんは自首すると思いますか?」

母親は木の根っこのような指を突きだしてレポーターを黙らせ、中に入ってドアを閉める。

レポーターは住民の一人、発言のチャンスを辛抱強く、軍人のようにしゃちほこばって待っていた男にマイクを向ける。

「いいやつだよ、あいつは」住民はおごそかに言う。「うちのトイレの修繕を手伝ってくれたしな」

電話が鳴る。ルースがコーヒー・テーブルの子機をつかみ、アレックスがテレビの音をさげる。

「ドロシーは頑張っています。骨髄像の撮影も問題なくすみましたしね」ラッシュ医師がルースに告げる。「残念ながら、椎間板の断裂の度合いが思ったよりひどいことがわかりました。椎間板がじかに脊椎に押しつけられていまして。こうなると、即刻手術するのが最上の策ですね」

「あの子、手術が必要なんですって」ルースが夫に伝える。

「その結果、ちゃんと歩けるようになるのか、訊いてくれ」

「で、手術をすれば歩けるようになるんですか？」ルースがラッシュ医師に訊く。

「それは、なんとも言えません」

「なんとも言えないんですって」ルースはアレックスに伝える。

「よくなる確率がどれくらいなのか、訊いてくれ」

「よくなる確率はどれくらい？」

「七、三ぐらいですかね、断言はできませんが」

「よくなるほうが、七なのね？」

「いえ、逆です」

「三十パーセントですって、よくなる確率は」ルースはアレックスに伝える。

「その場合、なんとか生き延びられるだけなのか、それとも、歩けるようになるのか」

「歩けるようになる確率だと思うわ」

「手術をしない場合、歩けるようになる確率はどれくらいなのか、訊いてくれ」

「手術をしないほうに決めた場合は、どうなるの？」ルースは医師に訊く。

「まあ、奇跡が起きないとは言えません。あくまでも、奇跡ですがね」

「よくなるとしたら奇跡だろうって」ルースは夫に告げる。それから、送話口を手で覆って、「ねえ、どうする？　わたしはなんとしてでもあの子を助けたい。奇跡に頼るのはいや」

「それが本当にあの子のためになるのかな？」

「ドロシーにはいま、鎮静剤を射ってあります」医師が決断を促してくる。「この状態が長くつづけばつづくほど、心臓に負担がかかるんですがね」

「おまえの気持ちはかたまってるのかい？」アレックスがルースに訊く。

「ええ」ルースは答える。すぐ医師に向かって、「わかったわ、手術をしてください」

ラッシュ医師は電話を切る。だが、ルースは受話器を握りしめている。他にも訊きたいことがあったのだ。「手術の結果、もっと面倒なことになる可能性があるのかどうか、訊いたほうがよかったかしら？」

「いや、それは知らずにいたほうがいいだろう」アレックスは答える。

八時半きっかりにブザーが鳴る。

「あなた、リリーを入れてあげて。ちょっとメイクを直すから」

けれども、そう言ったそばから、いまはそんなことをしていられないとアレックスの後からルースは玄関に急ぐ。アレックスがインターホンに応じているあいだに、ルースはアパートメントの玄関の扉をあけるボタンを押す。その鍵ならリリーも持っているのだが。

「入りました？」階段の下に向かって、ルースは叫ぶ。三対の足音が階段をのぼってくる。こんなに急な階段には不慣れだろうと、直感的にわかる。おそらく一階分のぼっただけでエネルギーを使い果たして、五階までのぼる力は残っていないのでは。そうだ、ドロシーが歩けなくなったらどうしよう？　手術の結果はどうなんだろう？

一人は革のジャケット姿の、細身の若い男。その妻のほうはもっと長身で、枕の詰め物にできそうなくらいの豊かな黒髪、息を呑むほどの美貌の主だった。二人は最後の階段を駆けあがってくる。息を乱してもいない。が、リリーは苦しげで、ハアハアと息をしながら二人の後からのぼってくる。リリーはルースとほぼ同じ年齢で、テニス・ボールのつまった靴下のような体型をしている。赤毛の髪の根元は白くなっていても、いつも真紅の口紅をさすことは忘れない。一九六〇年代から、イースト・ヴィレッジのエレベーターのないアパートメントを売ってきたのだが、さすがにこの頃は、自分も階段をのぼるのがつらくなってきた、とルースに打ち明けた。最近この周辺に林立しているエレベーター付きの新築高層アパートメントに移りたいのだが、むりだろうと観念しているらしい。そういう物件の管理会社は、リリーのような海千山千の購入希望者は相手にしたがらないのだそうだ。

「あら、ワンちゃんはどうしたの？」いつも階段の上から吠えたてるドロシーがいないのに気づいて、リリーがたずねる。

「いま手術を受けているところなのよ」

「あら、まあ」

細身の若い男、豊かな黒髪の細君、オープン・ルームのパンフ類を抱えたリリー、そしてルースとアレックスが一列縦隊で狭い入口を通り抜け、中に入る。カップルの示した最初の反応に、ルースはいやでも気づいてしまう。男のほうは、リビングの奥行きと幅、天井の高さが気に入らないらしい。女のほうは、顔に出さないながらも内部の調度が好みではないようだ。彼女の目に入ったのはこういう家具だった――イケアの書棚、デンマーク製の明るい褐色のコーヒー・テーブル。七〇年代の流行だった格子縞《こうしじま》のソファ。そして、音を消してあるテレビ。いま、その画面にはウズベキスタンの地図が映っている。それと国境を接しているのは、お尻に〝スタン〟がつく国ばかり――パキスタン、カザフスタン、キルギスタン、トルクメニスタン、そしてアフガニスタン。カップルはぶらぶらとキッチンのほうに向かう。

「ニュースは消しておいてください」ルースとアレックスのそばをすり抜けながら、リリーが耳打ちする。リリーが耳打ちする。カップルを追いかけながら、リリーは声をかける。「そこはすごいんですよ、日当たりが良くて。お食事をするときはサングラスをかけなきゃならないくらい」

リリーがカップルを手招きしているのにアレックスは気づく。アトリエを見てみないかと誘っているのだ。アレックスは急いで三人の後を追う。自分の仕事を無防備状態で人目にさらすわけにはいかない。

「この広さなら優に来客用の寝室に使えますからね。通気口からも光がたっぷり入ってくるし」リリーが言う。

四方の壁には、ホチキスや鋲《びょう》やテープで雑多なものが貼りつけてある――小さな顔が描かれた紙ナプキン、雑誌や新聞から切りとった写真、ポラロイドのスナップ写真、そして帆布の切れ端。絵の具を散らしたテーブルマットが椅子の背もたれに立てかけてあるかと思えば、ＦＢＩの印章つきのゼロックス・コピーがうず高く床に積まれたりしている。残りのスペースには所狭しと絵が飾られていた。

「ここはいずれ、子供部屋にも使えますよね」リリーが言う。

このアトリエ——常人離れした人間の部屋——からアレックスの生きてきた証《あか》しをみんな剝ぎとったらどんな感じになるのか。それを頭の中で思い描こうとしている客のカップルの顔を、アレックスは黙って見つめる。

次にリリーは夫婦の寝室にカップルを案内する。「ここには視界を遮るものが一切ありませんからね。明るい陽光を浴びながら目をさますなんて、素敵じゃありませんか」言いながらカーテンをひらいて、黒い屋根がどこまでも連なっている光景を見せる。二人の気落ちした表情から、煙突は彼らにとって色彩感覚の日ごとの鍛錬の対象ではなく、単に目障りな対象であることをアレックスは見てとる。カップルはクローゼットをひらく——アレックスが十年も使っているタータン・チェックのガウンが吊り下がっており、それと並んでルースのお気に入りの、ボタンのとれたハウスドレスがだらりとたれている。

一行はそこからバスルームに向かう。が、アレックスはもう後を追わない。この日に備えて、バスルームのタイル張りの床は妻と二人で丹念に掃除してある。シャワー・カーテンも新品に買い替えたし、浴槽まわりなどは漂白剤と綿棒でしっかりと汚れを落としたくらいだった。

「バスルームは一つっきり？」男が訊いている声が耳に入る。

「ええ。でも、ほら、窓がついてますから」素早くリリーが指摘する。

アレックスはルースのところにゆく。寝室の電話のそばで連絡を待っていたようだ。ドロシーの手術がはじまってから、もう一時間近くたっている。若いカップルは、一番目に家を見せてもらった礼をアレックスとルースに言って帰っていった。リリーもその後を追って、玄関のドアを閉めた。

「うまくいったのかしらね？」ルースが訊く。

「いい知らせと悪い知らせがあります」リリーが二人に告げる。「あのカップル、おたくのアパートメントが気に入ったようだし、近所の雰囲気にも好感を持ったみたいです。ただ、トンネルの件を気にしてましてね。他のみんなと同様に。何か新発展がありました？」

アレックスはテレビをつける。画面の上の隅に、〝記者会見生中継〟の文字。市庁舎のロビーの即席ステージを、太陽のように明るいカメラのライトが照らしだす。FBIスポークスマンと紹介された恰幅《かっぷく》のいい男、小柄な市長、それに盛装の警察署長の三人が、多数のマイクが置かれた演壇に歩み寄っていく。まず恰幅のいいFBIスポークスマンが声明を読みあげる。「水中爆弾探知機は、八時二十二分にタンクローリーのタンク内のチェックを終了した。いま現在、爆弾は存在しないという認識に達している」いっせいに質問が飛ぶが、彼は相手にしない。「運転手が拘束されるまで、市民各位は最高度の警戒を保つようにお願いしたい」次いで市長がマイクに顔を寄せる。「市民の皆さんにはくれぐれも警戒を怠らないでいただきたいが、同時に普段通りの暮らしもつづけていただきたい。市の専門技師のゴーサインが出たら、まずわたしが率先してトンネルを通り抜けるつもりです。いまの時点ではいかなる質問にもお答えできないので、どうぞご理解いただきたい」

画面が左右二つに分けられる——一方の画面には、バセット犬のような目をしたニューヨークのニュースキャスター、もう一方の画面にはワシントンの金髪のニュースキャスター。

「いまの会見で触れられなかったのは」金髪のニュースキャスターが言う。「パミールが爆弾を装着している可能性ね。タンクローリー内で爆弾が発見されなかったのは、そのせいかもしれないし」

「そのとおりだね、キャット。爆弾はパミールが持っているのかもしれない。そのパミールは、いまこの瞬間、どこに潜んでいるとしてもおかしくないんだ」

ブザーが鳴る。ルースがぱっと身を起こす。爆弾が破裂したのかもしれないと思ったからではなく、一瞬、電話が鳴ったのかと思ったからだった。

次に現れたのは中年女性の二人組で、一人はのっぽでしかつめらしい顔、もう一人は小柄で夢見心地でいるような顔をしていた。元気活発な成犬のラブラドールをつれていた。

「爆弾は発見されなかったんですって!」階段の上で出迎えたリリーが言う。「よかったわね!」

「じゃ、パミールはつかまったの?」のっぽのほうが訊く。

「それはまだみたいですよ」

寒さで活気づき、急な階段に興奮し、初めてかぐにおいに有頂天になったラブラドールが、リードをぐんぐん引っ張ってリリーのわきをすり抜ける。

「元気なラブちゃんね。名前は?」ルースが訊く。

「ハロルド、なんです」

ハロルドはドロシーのゴムの郵便配達人を見つけて飛びかかってゆく。ルースの力ではリードをつかんで引き止めるのがやっとだった。が、いざ郵便配達人をくわえると、もうハロルドは興味を失ってしまったらしい。だれかがさんざんくわえたゴムの塊だとわかったのだろう。ぽいと吐きだすと、こんどはテニス・ボールに目を留めて、弾丸のように走り寄る。がぶっとくらいついてから床に落とし、鼻で転がしてキッチンに飛び込んでゆく。

「ハロルドはキッチンを最初に見学したいらしいわ」リリーが冗談めかして言う。

すごい勢いでボールを追ったハロルドは、タイルの上をつーっとすべっていって、ぴたりと止まる。何か、もっと気がかりなものが見つかったらしい。鼻を突きだして、カウンターの下からテーブルの脚元をまわり、ゴミ・バケツや冷蔵庫、はてはドロシーの食事用のボウルまでくんくんと嗅ぎまわる。が、どれもはずれたらしい。そこからキッチンの床をジグザグに横切って、とうとう探し物を見つけたようだった。その場所を見て、ルースは思いだした。ドロシーが粗相をしてしまったところだった。

「とにかくここは日当たりがいいんです。朝食をとるのにもサングラスが必要なくらいなのよ」ここぞとばかり、リリーがPRを開始する。

待ちに待った電話が鳴る。アレックスとルースは、ちょっと失礼、と断って寝室に引っこむ。アレックスがドアを閉め、ルースが電話に出る。

「ドロシーの手術が終わりました。いま、術後回復室に移しているところです」ラッシュ医師が言う。「呼吸は自力でしていますし、血圧、脈拍などバイタルサインも正常です。ただ、縫合する際に痙攣《けいれん》を起こしましてね。その原因はわかりません。一時的なものかどうかも、ちょっと。しばらく様子を見ることになります」

「どういう原因が考えられるんですか？」ルースは訊いた。

「麻酔はもう二、三時間で切れるはずです。そこで意識がもどるかどうかですね」

だれかがドアをノックする。アレックスがドアをあけると、リリーと二人組の女性、それにハロルドが戸口をふさいでいる。

「最後に寝室を見せてもらえないかと、おっしゃってるんですが」リリーが言う。

アレックスがドアを大きく開け放つと、二人の女が覗きこむ。ルースは電話を切る。窓から射しこむフェルメールの絵のような光に包まれて、ルースは硬い表情でベッドの端にすわっている。その目は虚空をぼんやりと見つめている。何か重大なプライヴァシーを侵害してしまったらしいことに、二人組の女は気づく。が、ハロルドには何もわからない。もしリードで拘束していなければ、ルースのいるベッドに飛び乗っていたことだろう。

「ドロシーが痙攣を起こしたんだって」また二人きりになると同時に、ルースは夫に伝える。「意識をとりもどすかどうか、わからないらしいわ」

「いつになったらはっきりするんだ？」

「麻酔が切れたときに」

「だいたい、手術は成功したのかい？」

ルースが辛うじて保っていた冷静さの仮面がくしゃっと歪《ゆが》む。おれの名前はなんだと夫に訊かれて思いだせないような表情で、ルースは答える。「だめね、訊かなかった、わたし」

アレックスが受話器をとって病院に電話し、ラッシュ先生を出してくれ、と頼む。

「おたくの電話番号をちょうだいしてよろしいですか？」ナースがたずねる。

「いままで、家内が話してたんだよ、先生と」

「いま、緊急手術に立ち会われているんですが」

「折り返し電話してもらえないかしらね」ルースが横で言う。

「手が離れてからだろうな」アレックスが答える。

いまの時節は、太陽が午前九時三十分きっかりに、街角に建った十二階建てエレベーター付きビルの陰に隠れて、二人の寝室は七分間、暗い洞窟も同然になる。ルースはベッドに腰かけたまま動かない。隣りにアレックスも腰をおろす。ルースは単なる影と化したように見える。どちらも口をきかない。話すことなど何があるだろう？　太陽が再び顔をだすと、二度目の日の出のように感じられる。

二人は気を取り直して立ちあがり、ドアをあける。二人が〝洞窟〟にこもっているあいだに、アパートメントは大変なことになっていた。一人の女が廊下をぶらつきながら、コンセントの数をかぞえている。小さな男の子が廊下の端に立って、電気のスイッチを入れたり切ったりしている。キッチンでは中年のカップルが、急な階段で息を切らしたのだろう、青ざめた顔で勝手にコップに水をついで飲んでいる。リリーは彼らの質問に答えるのに大わらわだった。いえ、当面、エレベーターが敷設される予定はありません。洗濯機と乾燥機ならちゃんとありますよ、地下室に。

そこへ、新顔が次々に入ってくる。ある男が、このアパートメントには高速通信回路が導入ずみなのかな、とたずねる（何のことを言っているのか、アレックスにはわからない）。かと思うと、非常口の階段に植木を置いてもかまわないのかしら、と訊く女がいる。「いま住んでるところじゃ、それが禁止されてるのよ。でもね、あたし、健康のためにも、絶対、トマトを栽培したいの」

通気口に鳩《はと》が止まっているのを気にするカップルもいた。「あの鳩、一年中いるの？」

「まあね、鳩は渡り鳥じゃありませんから」リリーが答える。

攻撃はなおもつづく。ピアニストだという男が、築百年のこの部屋の床が自分のベビー・グランド・ピアノの重量に耐えられるかどうか、気にする。「でもまあ、あの狭い戸口じゃ、どうせ中に運びこめないか」

スペースを拡《ひろ》げたいので、キッチンの壁を取り壊しても大丈夫かな、と訊く二人組の男がいた。黄色いゴム長にスウェットパンツという出《い》で立ちの馬面の女は、ここでクライアントの応援をしても問題ないかどうか知りたがった――仕事の内容には一切触れずに。お揃《そろ》いの赤いパーカを着たカップルは、何か悩み事があるような顔で、フードを脱ごうともしない。女のほうは大股で中を見てまわり、男のほうはスマホでニュースを見ている。

「パミールは見つかったのかな？」

アレックスがたずねると、男は首を横に振る。

「ねえ、あんた、これからあたしたち百万ドルの買い物をしようとしてんのよ」女のほうが言う。「消しなさいよ、くだらないニュースなんか」

アレックスとルースはまたラッシュ医師と連絡をとりたくて、そっと寝室にもどる。するといつのまにかベッドに、ハイヒールのブーツをはいた女が腰かけている。

「あの、ちょっとここで横にならせていただいていい？　靴は脱ぐわ。ここに寝ると、どんな光景が目に入るのか、知りたくて」

ルースは愕然《がくぜん》とするが、アレックスは仕方なく肩をすくめてみせる。

女は膝丈のブーツのジッパーを下ろし、ルースのスリッパの横にブーツを置いて、ながながとベッドに寝そべる。そのまま十分ほども起きようとしない。そのときアトリエでは、見学客の男が窓をあけたため、風が吹き込んでくる。ＦＢＩファイルやアレックスのスケッチが宙に舞いあがって、リリーは男と一緒に慌ててそれを集めにかかる。

ようやく窓が閉まって、ファイル類も元の位置にもどる。寝室ではやっと女がベッドから起きあがった。ルースが病院に電話をかけ、アレックスが寝室のドアを閉める。

「ラッシュ先生から電話をいただけるはずなんだけど」ルースが術後回復室のナースに伝える。

「申しわけありません、先生はまだ別の手術に立ち会ってるんです」

そんなこと、アレックスから聞いていない。ルースは最悪の事態に備えて、身を引き締める。「で、ドロシーの様子は？」

「ずっと寝ています。十五分ごとに起こそうとしてるんですけど、まだ反応がなくて。このまま観察をつづけますから」

だれかが寝室のドアをノックする。

アレックスがひらくと、ルースの眼鏡より分厚いレンズのスポーティな眼鏡をかけた男が言う。「ちょっと、すみません。あのぅ、ガスレンジの新しいつまみを買えるような店は、この辺にありますかね？」

「上々の結果だったと思います」客がリビングに残していったパンフレットを集めながら、リリーが言う。彼女は午後一時に別のアパートメントのオープン・ルームに立ち会う予定なのが、だいぶ遅れてしまっている。「ハロルドをつれた二人組の女性は、かなり興味を示していましたし。お揃いのパーカを着たカップルは、ローンの条件を訊いてきましたからね。ただ、パミールがつかまらないうちは、本気でオファーしてくる人はいないでしょうね。とにかく、彼が早くつかまることを祈りましょう。ドロシーちゃんの手術も成功しますように」

リリーはドアを閉めて、帰っていった。廊下にはたくさんの濡れたブーツの残した水たまりができている。

ドロシーの目蓋が強引にひらかれ、光の棒が眠りを突き刺す。「さあ、起きる時間だぞ、リトル・ママ」

「横に転がしてみたら」

重力よりも強い力がドロシーを引っくり返す。

「だめだな、反応がない。ラッシュを呼ぼうか？」

「まだ手術に立ち会ってるんじゃない？　外科の先生はどこ？」

「ハンプトンにもどったよ。馬好きの女から電話があったんだ。ぼくが伝言を受けとった。彼氏、トンネルの事件が解決したら、市長の次にトンネルを通り抜けたがってるんじゃゃないかな」

「ねえ、きっとこの子、喉が渇いてると思うよ。唇を濡らして、指を舐めようとするかどうか、試してみたら」

数滴の水がまんべんなく唇を濡らすまで、喉が渇いていたことすらドロシーは知らなかった。それが急に、狂おしい渇きを癒したくなって、男性ナースの指先から甘い味のする水をぺろぺろと舐める。

「あまりたくさんやらないほうがいいよ」

男性ナースは指を引っ込める。だが、気付け効果のある水は、すでに奇跡を起こしていた。ドロシーは目をあけて、感謝の吐息を洩らす。あまりに嬉しそうな吐息だったので、ラッシュ医師を探しに外に出ようとしていた男性ナースまでが、さっと振り返る。

「おう、よくもどってきたな、ドロシー」

II

土曜日の午後

戦争

アレックスがファラフェル・サンドを買いに〈サハラ〉にいっているあいだに、ルースはモップとバケツをキッチンに運び込んで家中の窓をあける。換気をせずにはいられなかった。馬面の女はトイレでタバコを吸っていたし、トマトの栽培をしたがっていた女性は気分の悪くなるような香水を体中にふりかけていた。ハロルドのにおいもまだ残っていて、これも気になる。とにかく、気になる異臭はみんな家から閉めだしてしまいたい。あけた窓から寒気が入ってきて、ぞくっとする。それからルースは、寒い午後に暖炉の前にすわるようにテレビの明るい画面の前にすわる。

バセット犬のような目のニュースキャスターは、ルースに劣らず消耗した顔をしている。いまは、セクシーだが歯並びの悪い女にインタヴューしているところ。二人はすわり心地のよさそうな袖椅子にすわって、向かい合っている。背後の巨大なスクリーンには赤と白と青の光線が躍っていて、〝わたしはパミールの人質にされた〟というキャプションが横に走っている。

「それでは、デビー・トゥイッチェルとの独占インタヴューに入ります。デビーは二十六歳、職業はバーテンダーですが、昨夜、二時間にわたってパミールの人質になるという恐怖の体験をしたばかりです。デビーの自宅はミッドタウンのアパートメントの地下。問題のトンネルから四ブロックと離れていません」

カメラがデビーの顔に寄っていく。ニュースキャスターがしゃべっているあいだ、ずっと息を殺していたような表情。胸にたまった思いをぶちまけないと、気が変になってしまいそうな顔をしている。「ほんとに怖かったわ。外の階段で鉢合わせしたとき、これは危ないって思ったの。乱暴しないで、って言ったら、大声を出さなきゃ何もしない、って。変な訛りがあったけど、まさかテロリストだなんて思わなかった。モスレムってどんな訛りがあるのか、わからなかったし。そのまま家の中に押し入ってきて、他にだれかいないか、見まわしていた。てっきりレイプする気なんだって思ったけど、テレビをつけろ、って言われて」

「彼は興奮していましたか、そのとき？」

「いいえ、ただ、テレビのニュースをつけろ、と言うだけで。テレビではあのトンネルと自爆犯のことをやっていて。パミールはそわそわと落ち着かない様子だった。汗を流しているのにコートを脱がないの。それであたし、ははん、と思ったの。この人、コートの下に爆弾を隠しているんじゃないか、って」

すると、バセット犬のような目のニュースキャスターは、くるっとカメラのほうを向いて、ルースとすべての視聴者に面と向かった。「パミールは次にどんな行動に出るのか。これは衝撃的なニュースです。当番組はいま、自宅で人質になったデビー・トゥイッチェルに独占インタヴューを行っています」

「それから彼は言ったのよ、おまえ、どんなクスリを持ってる、って。だから、あたし、訊いたの、どんなクスリがほしいの、って」

「そう言ったんですか、本当に？」

「だって、パミールは爆弾を持ってるわけじゃない。あたし、死にたくないもの。テロリストがヤクをやるなんて、知らなかったけど。それからあたし、むりやり浴室につれこまれて、浴槽に入れられたの。パミールはそこでクスリを探しはじめた」

「で、望んでいたものを見つけたんですか？」

「うちに置いてあるのは、抗鬱剤だけ。そしたら、パミールはイラついてきて。もっと強いやつはないのか、って訊くの。あたしはずっと思ってた、この人、いつ爆弾のスイッチを押すかもしれない、って」

「たしかに爆弾を見たんですか、あなたは？」

「いいえ。だって、パミールはずっとコートを着たままだったから。そのうち、彼、嘘をついたら殺す、と言いだして。それであたし思ったの、何でもこの人の言うとおりにすれば、殺されずにすむだろう、って。それで、パミールに言ったのよ、クリスタル・メタンフェタミンならすこしある、って」

いまのは聞き間違いかな、とルースは思う。バセット犬のような目のニュースキャスターも、そう思ったらしい。「ちょっと待ってください、あなたはパミールにメタンフェタミンを与えたんですか、れっきとした覚醒剤を？　爆弾を隠し持っていると思われる男に？」

「言ってしまったとたん、あたしも思ったのよ、あんた、なんてことをしたの、デビーって。車を無茶苦茶に運転して強盗に入るような、そんなことをさせるクスリをテロリストにあげるつもりなの、って。それじゃ自殺するようなもんじゃない。でも、ともかくここは冷静に振る舞わなきゃって思い直して、パミールに訊いたの、あんた、アイス（メタンフェタミンの俗称）をやったことあんの、って。ない、ってパミールは言う。で、やり方を教えてくれ、って言うのよね。だからあたし、テーブルにアイスの粉の線を二列引いてやったの、鼻で吸い込めるように。で、ほら、吸いなさいよ、って言ったら、おまえも一緒に吸わないか、って。それはあたしだめなのよ、だって、三か月間もクスリ断ちしてたんだから。ほんのちょっぴり持ってたのは、神さまから下された試練に耐えようって思ってたから。だけど、殺されちゃおしまいだから、一本の線の四分の一くらい吸ったんだけど」

「で、残りはパミールが吸った？」

「そう。で、あたし、神さまにお祈りしていいか、ってパミールに訊いたの。そのときはもうハイになってたから、神さまもあたしの祈りなんか聞いちゃくれないだろうって思ったけど」

「パミールも祈ったんですか？」

「祈ったと思うわよ。モスレム語でなんかもぐもぐと言ってたから。それから急に立ちあがって、外に飛びだしていったの。助かった、と思ったわ。たとえあたしがハイになっても、神さまはあたしの願いを聞き届けてくれたのよね」


アレックスとラヒムおやじは、〈サハラ〉の隅の棚に置かれた小さなテレビでインタヴューを見ている。アレックスはカウンターのスツールにすわり、ラヒムおやじはレンジの前に立って、沸騰した油の底から、そら豆をすりつぶして丸めたファラフェルが浮いてくるのを待っていた。そのうちラヒムおやじはテレビに目を据えたままピタ・パンの新しい包みをひらいて、大きく口をあけたパンを二個グリルにのせる。やはりテレビから目を離さずに包丁をつかむと、こんどはレタス、トマト、タマネギを手さぐりでスライスしてゆく。丸いファラフェルが底から浮かんできて、泡立つ油の中でくるくる回転する。それをトングでつかんで、口をあけたピタ・パンの中に入れる。最後にレタスやトマト、タマネギのスライスをその上に押し込むと、ルースの分には熱いソースをかけ、アレックスの分には練り胡麻《ごま》ペーストをかける。できた二つのサンドを、ラヒムおやじは昔ながらの油紙で包み込む。

「押し入ってきた男に覚醒剤を与えるやつなんているのかね、本当に」アレックスが言う。

「モスレムってのは言語の種類だと思ってるくらいの阿呆《あほ》な女だからな」と、ラヒムおやじ。

今夜の世論調査のお題がテレビの画面いっぱいに映る——〝テロリストは麻薬をやると、あなたは思いますか？〟

アレックスは代金を支払う。ラヒムおやじは紙袋にサンドイッチを入れ、ナプキンと胡椒《こしょう》を添える。それに塩も加えようとして、こいつはいけない、と引っ込める。このところアレックスは、塩を控えるようにしているのだ。彼とラヒムおやじは、互いに服《の》んでいる高血圧用の薬を比べあう仲だった。

「なあ、アレックス」ラヒムおやじがたずねる。「あんた、テロリストはヤクをやると思うかい？」

冗談を言ってるのかな、とアレックスは思う。

ラヒムおやじはにやっと笑って、「ま、わたしが自分を吹っ飛ばすつもりだったら、たしかに何か服むかもしれないがね」アレックスに紙袋をすべらしてよこす。「いまはもっぱら、おたくの可愛いワンコの回復を祈ってるから」

アパートメントの階段をのぼろうとして、アレックスは上を見あげる。これから灯台の最上階までのぼらなければならないように、心許ない。この階段を二段ずつのぼるのは、ルースがそばにいるときだけなのだ――そのことはだれにも言わないのだが。けれども、きょうは、たとえルースがそばで励ましてくれても、二段ずつはのぼれそうもない。昨夜から今朝にかけては、手すりにつかまらないと、三階の踊り場までのぼっただけで息切れしてしまう。のぼるにつれて、酸素が希薄になるように感じられるのだ。立ちどまって息を整えていると、五階の手すりから身をのりだしてルースが見おろしていた。

「あなた、ドロシーが目をあけたんだって！　水も飲んだそうよ！」

ドロシーの容態が良くなったのを祝って、ルースは二つのグラスにワインをつぎ、アレックスはテーブルにつく。そこにはすでにナイフやフォーク、ナプキンなどが並んでいる。ルースはファラフェル・サンドイッチを皿にのせて、紙袋を捨てる。が、その前に紙ナプキンと胡椒をわきにのけて、これまでため込んだテーク・アウトの紙ナプキンや胡椒が入っている引出しにしまうのを忘れない。テレビは切ってある。病院から電話をもらってからは、後ろでニュースキャスターがだらだらしゃべる声を聞きたくなかったのだ。

「水を飲んだとすると、あの子なりに懸命に闘っているんだな」アレックスが言って、サンドイッチにかぶりつく。

ルースは食べる気がしない。いまになって、手術が成功したのかどうか訊くのを、また忘れてしまったことに気づく。結果を知るのを、自分は恐れているのだろうか？

「とにかく生きたいとドロシーは言ってるんだよ、ルース」

電話が鳴って、アレックスがとる。容態が急変したとかなんとかナースが言うのではと、ルースは身を引き締める。

アレックスが驚いたように頭を振る。「なんと、あのハロルドの飼い主の女性カップルが、申し込んできたとさ」

「パミールがまだつかまらないというのに？」ルースはコードレスの子機をとりあげる。「パミールはつかまったの、リリー？」

「さあ、わかりません、わたしも」

「で、いくらで買いたいと言ってきたんだい？」アレックスが訊く。

「八十五万ドルです」

「ずいぶん安い値段ね」

「あのテロ騒ぎですからね、あの人たち、あなた方がパニくって、売れるうちに売ってしまおうと投げ売りするほうに賭けてるんですよ。たしかに、いまの状況では、パミールがテロリストに間違いないとわかったら、不動産の価格はもっと下がるでしょうからね。どう答えましょうか、あの〝ハロルド・レイディーズ〟に？」

ルースとアレックスは顔を見合わせる。「売るとしたら、いましかないかもね」

「その値段で承諾しようか」

「でもよ、もしパミールがテロリストじゃないとわかったら、どうなる？　慌てて売ってしまって、結局何でもなかったとわかったら、わたしたち大損したことになるじゃない。そのお金じゃ、マンハッタンのアパートメントなんか、ましてやエレベーター付きのアパートメントなんか、買えないかもしれないし。なんだか怖いわ。だって、逆にパミールが本当にテロリストだとわかったら、このアパートメントの買い手はもう現れないかもしれないわよね。何か月たっても、何年たっても」

「で、そちらの意見は？」アレックスがリリーに訊く。

「時間稼ぎをしましょう。もうしばらく」

二人はテレビの前で昼食を終える。テレビの画面には、市庁舎前の階段で行われている記者会見の模様が映っている。ぎっしりと並んだマイクを前にして市長はうつむき、つめかけた記者たちが静まり返るのを待つ。そのうちとうとう顔をあげた市長の表情は、お金がなくてクリスマス・プレゼントは買ってやれないと子供たちに告げる父親のようだった。

「もし悪いニュースだったら」ルースが言う。「あの金額で手を打ったほうがいいかもしれないわね」

「もし悪いニュースだったら、あのオファーも取り消されるかもしれないしな」

「たったいま、ボルティモア警察署長と話し合ったところです」テレビの画面で市長が言う。「いまから十二分前、ボルティモアのフランシス・スコット・キー橋で、ガソリン積載のタンクローリーが対向車と衝突して横転しました。死者八名、重傷者三名。この重傷者の中には、運転席に閉じ込められたままの運転手も含まれています」

いっせいに質問の手があがる。

「そのボルティモアの事件もミッドランド・トンネルの事件と関連ありと見ているんですか、市長は？」

「閉じ込められたという運転手は、爆弾を身につけてるんですかね？」

「市長、これは新しい攻撃スタイルだと見てますか？　閉じ込められた運転手は、中東出身ですか？　警察はいつ彼を尋問できるんですかね？」

「とにかく、事件の全容がわかり次第、皆さんにお伝えします」市長が言う。

電話が鳴った。

「わたしたち、待たせすぎたんじゃない、アレックス？　あのカップル、オファーをとり下げてきたらどうしよう？」

「病院からの電話かもしれんじゃないか」アレックスが言って、電話の子機に手をのばす。ルースも自分の前の子機を耳に押し当てる。「入札競争になりましたよ！」リリーの声だった。「おそろいの赤いパーカを着た夫婦がいましたよね。それがたったいま、申し込んできたんです。八十七万五千ドル」

「でも、どうして？」ルースが訊く。

「ボルティモアでも、あんな事件があったというのに」アレックスが言う。

「これはですね、一九九〇年代に、あたしたち不動産業者が〝辻《つじ》強盗現象〟と呼んでいた状況ですね。ある街区で辻強盗事件が起きると、悪評判を恐れて、付近の人たちがいっせいに不動産を売ろうとする。当然、不動産の価格が下がりますよね。ところが、同じような事件が隣りの街区でも、そのまた隣りの街区でも起きはじめたら、事件そのもののインパクトが薄れて、もう不動産市場は影響を受けなくなってしまうんですよ。どこもかしこも、ボルティモアでさえ危険になったら、なあんだ、じゃあこのままニューヨークに住んでたほうがいいや、という気持ちになりません？　あたし、すぐ〝ハロルド・レイディーズ〟に電話を入れますから」

テレビの画面にはいまフランシス・スコット・キー橋が映っていて、その真ん中でタンクローリーが横転している。運転台とタンクの連結部分が断裂しているようだ。運転手が閉じ込められている運転台は、アレックスとルースの目には馬の尻尾ほどの太さにしか見えないケーブルに支えられて、橋の欄干からぶらさがっている。

電話の音。最初の呼び出し音がまだ鳴り終わらないうちに、もう二人はそれぞれの子機をつかんでいる。

「〝ハロルド・レイディーズ〟、八十八万ドルまで値を上げてきましたよ！」リリーが言う。「ただし、五分たっても決まらなかったらこの値段は引っこめる、って。入札競争を避けたいんですよ。その点は強調してました。期限は、いまから五分。こうしましょうか、あなた方と連絡がつかなかったふりをして、そのあいだに赤いパーカのカップルに連絡してみるんです」

「でも、連絡がつかなかったといったって、わたしたちはどこにいったことにするの？　こんな日に外出する人なんていないでしょうに」

「あの二人、おたくのワンコのこと訊いてましたからね。そうだ、お二人で動物病院に出かけたことにしましょうよ」

「だけど、わたしたちが携帯を持っていることくらい、あの人たちだって承知してるんじゃない」

「動物病院では携帯の使用が禁じられていません？　人間の病院では使用禁止ですよね」

「そうね、病院にいってることにしても不自然じゃないかもね」

「じゃあ、そういうことにして、赤いパーカのカップルに電話してみてくれ」アレックスが言う。

消防車、爆弾処理班のヴァン、空中に滞空しているヘリコプター、救急車、パトカー、ブルドーザー、どれも例外なく赤い警戒灯をひらめかせながら、橋の中央で横転しているタンクローリーのほうに接近してゆく。

と、テレビ画面が二分割されて、午後の世論調査の結果が右側の画面に現れる。

テロリストは麻薬をやると、あなたは思いますか？

イエス　78パーセント

ノー　20パーセント

わからない　2パーセント

誤差　3パーセント

電話が鳴る。

「いい知らせと悪い知らせがあるんだけど、どっちを先に聞きたいかしら？」リリーが訊く。

「いい知らせ」と、ルース。

「悪い知らせがいいな」アレックスが言う。

「〝ハロルド・レイディーズ〟が、申し込みをとり下げると脅してきました。それと、〝パーカのカップル〟からの返事がまだないんですよ」

「いい知らせのほうは？」ルースが訊く。

「三人目の購入希望者が現れたんです！　あの馬面の女性。スウェットパンツに黄色いゴム長をはいてましたよね」

「黄色いゴム長の女性？　いたっけかな、そんな女性」アレックスが言う。

「ほら、ここではクライアントの応対をしてもいいのかしら、って訊いてた女性です。それはOKでしたっけ、おたくのアパートメントでは？」

「そうね、商業利用になるわけだから、クライアントの種類にもよるわね」

「で、その女性の指し値は？」アレックスが訊く。

「八十八万五千ドル」

「それに決めちゃおうか、どう思う？」と、ルース。

「むずかしいところですね。最近は、ひとたび入札競争になると、みんなカッカしちゃいますから。子供を質に入れても、なんて言いだした夫婦もいましたから。先週は、まだ正式に売りだされてもいないアパートメントに対して、先制攻撃を仕掛けてきたカップルもいましたし。これは並みの戦争とはちがうんですよね。じゃ、こうしましょうか。〝ハロルド・レイディーズ〟と〝パーカのカップル〟には、ライヴァルがもう一人現れたことと、その指し値を伝えておきます。それが気に入らないのなら、降りればいいんですよ。で、〝黄色いゴム長〟には、お二人がまだ動物病院にいってて連絡がとれない、と言っておきますね」

リリーの電話を待つあいだに、ルースは別のニュース・チャンネルに切り替える。そこでも、フランシス・スコット・キー橋のスペクタクルが映されている。赤い警戒灯をひらめかせて、横転したタンクローリーに殺到する緊急車両の列。三番目のチャンネルも試してみたが、やはり映っているのは緊急車両のパレードだ。チャンネルからチャンネルへ、正しい決断の助けになるような速報がないか、探しつづける。まるでピストルのようにリモコンを前に突きだして、画面を切り替えてゆく――橋、緊急車両のパレード、タンクローリー、吊り下がった運転台、そしてまた橋。腕がだるくなってきたけれど、リモコンをおろさない。とうとう電話が鳴った。あいているほうの手で、アレックスより先に子機をとる。「〝パーカのカップル〟はどう言ってきた？」

「八十八万六千ドルに上げてきましたよ。こうなると、もう指し値のサーフィンですよね。いちばん高く盛りあがった波の頂点の値段をキープしようとするんです、みんな」

「〝ハロルド・レイディーズ〟は？」アレックスが別の子機で割り込む。

「それがですね、提示額を封に入れて入札する封入入札に切り替えてくれれば新しいオファーをする、と言ってきました。自分たちの弁護士の事務所で最終入札の封をあけてほしいというんです。それで決定ということにしてほしいんでしょう。これ、あたしの勘ですけど、九十万までは出す気でいますよ、〝ハロルド・レイディーズ〟は」

「〝黄色いゴム長〟のほうはどうかしら？」

「ああ、あの女性はそちらの言い値を呑むでしょう、きっと」

　ルースの心乱れた、それでいて頑固そうな表情。アレックスはそこから、妻の気持ちがもう固まったかどうか推し測ろうとする。ルースの髪は最近すっかり薄くなって、優雅なラインを描く頭蓋のまわりにぽやっと白い煙がまとわりついているように見える。その面上に、音を消したテレビ画面の放つ光がゆらゆらと踊っている。金魚鉢のような眼鏡のレンズを透かして、灰色の瞳が広がったり収縮したりしているのがわかる。いまは一生懸命に頭を絞っているところなのだ。もう半世紀以上にわたってこの金魚鉢を覗き込んできたから、妻の頭の働きようは手にとるようにわかる。頭の中でせめぎ合う二つの力が、表情にも表れている。公正であろうという思いが眉をひそめさせ、でも、現実も直視しなければという思いが眉間に皺を生む。ルースの決断が自分たちをいい方向に導いてくれると、アレックスは信じている。たとえ妻の道徳律の羅針盤の針が一時的に乱れようとも、きっといい方向を見出《みいだ》してくれるだろう。

妻の倫理観こそはアレックスの心の支えであり、美神であり、足枷《あしかせ》だった。あの赤狩り旋風が吹き荒れた頃、下院非米活動委員会の尋問に立ち向かったルースは、たとえ友人、海外旅行、アレックスの最初の個展、自分自身の愛する教職を失うことになろうとも、頑として節を曲げようとはしなかったのだ。そのルースがいま、リリーに指示する声が、アレックスの耳に入った——「あのね、わたしたちはまだ動物病院にいるって、中込者みんなに言ってちょうだい。それで、〝黄色いゴム長〟がどれくらいまで出すつもりか、見きわめてほしいんだけど」

「自分でもわからなくなっちゃった」リリーからの電話を待ちながら、ルースはアレックスに言う。「これは単なる偶然の事故であって、ボルティモアはテロの危険にななど直面していないほうを自分は望んでいるのか。それとも、あのタンクローリーにも爆弾が仕掛けてあって〝辻強盗原則〟が働くことを自分は望んでいるのか。〝辻強盗原則〟が働けば不動産価格の暴落が起こらず、わたしたちはエレベーター付きのアパートメントを買えるようになるのよね。でも、このわたしがそんな事態を望むなんてね。そんな原則、いったいだれが考えついたんだろう？　どこもかしこも危険になれば、かえって不動産価格が上がるなんて。きっと、こうしているいまも、ボルティモアにはわたしたちみたいなカップルがいて、テレビを見ながら、不動産屋が言ったことは本当でありますように、って祈っているかもしれないわね。ニューヨークでパミールが逃亡しつづけている限り、ボルティモアの不動産市場は安泰だろう、って。もし二つの都市が災厄に見舞われれば、わたしたちはこの近所でエレベーター付きのアパートメントを見つけられるっていうわけ？　なんてことかしら、平和を願って一生闘いつづけてきたわたしが、いつまでもこの街で暮らしつづけられることを願って、ボルティモアが炎上するのを祈るなんて。まったくもう」自分が情けなくて呆《あき》れたように首を振る。「歳をとると、最後まで残っていた幻想まで、そうよ、自分はまともな人間だという信念まで、奪われてしまうのね。次はどうなるんだろう。ドアマン付きの超高級アパートメントに引っ越せるように、ロスやマイアミでもタンクローリーがひっくり返りますようにって、祈ったりするのかしら？」

ソファの隣りにすわっている夫の顔に、ルースはじっと目を凝らす。この人も同じ考えだろうか？　と言っても、いま自分の言ったどの部分に同感なのかはわからないのだが。ボルティモアにも自分たちみたいなカップルがいるだろうという部分？　それとも、ボルティモアも炎上してほしいという部分？　アレックスの太ももに、そっと手を置く。筋肉がぐっと引き締まるのが感じられる。アレックスは軽く床を踏みはじめる。その足はいつも動いている。動くのをやめない、疲れ知らずの両足。それは決して音《ね》をあげず、五階分の階段どころか、天国への階段だって、一度に二段ずつのぼってゆきそうだ。そのパワーを感じたくなると、ルースはいつもアレックスの太ももにさわる。

「この際、公正さについて悩むことはないんじゃないか。エレベーターと、なんだったらドアマンも付いてるアパートメントをおれたちが望むのは、そんなに悪いことだろうか？」アレックスはとうとう口をひらく。「これだけ頑張ってきたおれたちなんだ、いくらかの安息を手に入れる資格くらいあるんじゃないのかい？」

ドロシーはケージの中で目をさます。男性ナースの姿はどこにもない。なんだか、体を真っ二つにされてから、またホチキスで一つに留められたような感じがする。左のケージに横たわっているのは、チューブにつながれて、息も絶え絶えのチワワ。右のケージにはポメラニアン。首にエリザベス・カラーを付けていて、血のしみこんだコットンで目をふさがれている。

月の表面のようなあばたづらの顔が、ドロシーを上から見おろす。「やあ、とうとう目をさましてくれたね、ホットドッグちゃん」優しそうな青い目の医師が声をかける。

ケージをあけて手を差し入れてくるが、ドロシーを抱きあげようとはしない。代わりに、ドロシーの麻痺した後ろ足を温かい手で包みこむ。なんとかそこに生気を甦らせようとしてくれているのがわかる。圧力が伝わってくる。しめつけられるような感じ。でも、足がしめつけられているのか、なんとか先生を喜ばせたいという気持ちで胸がしめつけられているのか、どっちだろう。温かい手が縫合の具合をチェックし、背中を撫でおろしてから脊椎の最下端を軽く押す。その指は尻尾も軽く揉《も》む。また圧力を感じる。ただ、こんどは温かい指先が尻尾に生気を甦らせてくれる。尻尾の先がすこし持ちあがるのが自分でもわかる。

「あっ、ドロシー、尻尾を振ろうとしているのかい？　もう一度できるかな？　さあ、もう一度やってごらん。やれるよ、やれるとも。さあ、尻尾を振ってごらん。ね、ちょっとでいいから振ってごらん」

でも、先生はとうとう諦めたらしい。このまま、ケージの戸を閉めようとしはじめる。いやだ、いかないで、とドロシーは思う。このまま、息も絶え絶えのチワワや、血まみれの目のポメラニアンと一緒にいたくはない。ドロシーは全力をふりしぼり、これでもかとばかりに力をこめて、尻尾の先をばしんと鉄棒に叩きつける。

四時きっかり、これからニュースがはじまろうというときに、コーヒー・テーブルの電話が鳴りはじめる。ルースがテレビの音を消して子機に手をのばすと、アレックスが制止する。

「その前に、よく考えようじゃないか。放っておいても、リリーはまた電話をしてくるさ。正直言って、いま迷っているんだよ、ルース。売るべきか？　このままここに住みつづけるか？　どこかに逃げだすか？　テロリストは麻薬をやるのか？　しかし、どんなに迷おうと、これだけは確実だ。リリーはまた電話をかけてくるよ。だから、いまこそわれわれの気持ちをはっきり見定めておいたほうがいい」

ルースの気持ちもちぢに乱れている点では同じだった。

「封入入札はごめんだね」アレックスが言う。「なんで秘密にする必要があるんだ？　月曜の朝、〝ハロルド・レイディーズ〟の弁護士事務所まで出かけて、弁護士が入札の封を切るのを待つのかい？　われわれの運命が告げられる瞬間を、ハラハラしながら待つなんてご免こうむりたいよ。そこで封が切られたら、もう後もどりはできないんだからな。〝入札サーフィン〟とやらも、やめてもらいたいしな。もうたくさんだよ。〝パーカのカップル〟がこの先もどんどん値を釣り上げていったら、本気で購入を考えている客はみんな逃げだしてしまうだろうし。これから先は、五千ドル幅の指し値だけを受け付けようじゃないか。それから、〝黄色いゴム長〟の、ここでクライアントを応対したいという希望が仮に通ったとしても、わざわざ五階まで階段をのぼってくるクライアントがどれくらいいるかな、どんな商談が行われるのか知らないが」

「封入入札はごめんという点では、わたしも同感。だって、あの人たちの弁護士事務所で入札額がオープンされるのに立ち会うなんて、こっちが見下されてるみたいじゃない。信用できない子供扱いされてるも同然だと思う。それに、その弁護士だって絶対にインチキをしないって保証はないんだし。だけど、入札サーフィンは売買を活性化させてくれるからいいんじゃない。〝ハロルド・レイディーズ〟、〝パーカのカップル〟、〝黄色いゴム長〟、いまごろはみんな、わたしたちと同じようにタンクローリーのニュースに一喜一憂していると思うわ。精神的に参っちゃって、電話が鳴るたびにぎくっとしたりしてね。ま、どんどん電話が鳴ればいいのよ。それで、クタクタになったっていいじゃない。何も起きないよりマシですものね。逆に、急に静まり返ってしまったら、考える余裕ができる。考えることができれば、気が変わるかもしれない。あなたの言うとおりだわ、アレックス。そもそも、こんな騒々しい週末にアパートメントを買おうなんてこと自体、おかしいんだから」

電話がまた鳴りはじめる。

「わたしがリリーに言うわ」ルースが子機をとりあげる。「もしもし」

「ドロシーが尻尾を振りましたよ」ラッシュ医師の声だった。

「えっ、じゃ、ドロシーの体は麻痺してないのね！　歩けるのね？」

アレックスも子機をつかむ。「吉報じゃないか、それは！」

「ええ、吉報ですがね、問題もあるんです。後ろ足は、まだぴくりとも動かないんですよ」

「ということは」ラッシュ医師の言葉を完全に理解しながらも、ルースは確認せずにいられない。「尻尾を振ることはできても、歩けないかもしれないということ？」

「さあ、まだ断言は。もうすこし様子を見てみませんと」

「いま、苦痛は感じているのかい？」アレックスが訊く。

「いまは可能な限り楽にさせています。何か変化が生じたら、またご連絡しますから」

受話器を置きながら、ルースが言う。「すくなくとも、あの子、気分がいいかどうか、尻尾を振って知らせることはできるんだわ」

アレックスがリモコンをテレビに向けて、ヴォリュームをあげようとする。が、ルースがその前に立って、遮った。「ね、あの子、無事に手術を乗り越えて、尻尾を振ったのよ。お祝いをしなきゃ。気分を変えて」夫の手からリモコンをとりあげると、ルースは昼食のときに飲んだワインのグラスを代わりにつかませる。自分もメルローがほんのすこししか残っていないグラスをとりあげて、カチンと触れ合わせる。

「ドロシーのために」言ってから昂然《こうぜん》と頭をそらせると、ルビー色のワインがグラスを伝って、ひらいた唇の中に落ちる。アレックスが熟知している仕草。何か祝いたいことがあるたびに、これまでいくたび妻はその仕草をくり返してきたことか。ルースはグラスを置き、ソファの夫の隣りに腰をおろす。二人は自然に抱き合って、幸運を祝う。

太陽が西方の屋根の連なりの下に沈むこの時刻になると、二人のリビングはひときわ柔らかな光に包まれる。二人の知る限り、この部屋の窓は建築当時のものだ。ここに越してきたとき、窓ガラスはすでに古紙のように黄色く、古い眼鏡レンズのようにかすり傷がついていた。遅い午後の陽光が射し込むと古いガラスはフィルターの役を果たし、斜めにそそぐ光線の険しさをやわらげて、室内のすべてが白いパウダーにまぶされたように見えてくる。

次に電話が――寝室の子機から、アレックスのアトリエのコードレスの子機から、キッチンの暗緑色の壁にかかった電話機から、コーヒー・テーブルの二つの子機までいっせいに――鳴ったときは、柔らかな光が砕け散ったように見えた。

「さっきもお電話したんですけど」リリーの声だった。「お出にならなかったし、お話し中のようだったので。〝ハロルド・レイディーズ〟が、五時までに返事がほしいと言ってます。あの二人、動物病院に電話したんですって。で、面会時間は四時半までだってこと、つかんだらしいんですよ」

「じゃあ、いま伝えてくれないか」アレックスが言う。「封入入札はお断りだ、って」

「でも、本当にいいんですか？　テレビのニュースを見てます？　ボルティモアの事件は偶然の事故だったんですよ。カモメが一羽、運転席の窓ガラスに激突したことが、目撃者の証言でわかったんです。運転手は病院に運ばれました。もちろん、爆弾は発見されなかったんですね」

「いいニュースじゃない、それは？」ルースが訊く。

「ボルティモアにとってはね。でも、こうなると、〝辻強盗原則〟にあてはまらないから、ニューヨークの不動産価格は依然として下落する危険があるわけです」

「わたしたちの結論、このままでいいと思う？」電話を切ると同時にルースが訊く。

「何も変わってないわけだからな。要するに鳥が一羽、運転席の窓に突っこんで、みんなが泡を食ったってだけなんだから」

「ちがうわ、アレックス。だって、わたしが変わったもの。わたしは、ボルティモアの災難を逆に利用できないだろうかって思っちゃったんですもの。あちらの事故がこちらの不動産価格を左右し、一羽のカモメの死がこんなパニックを引き起こすんだから、やっぱり、何もかも変わってしまうのよ」

電話がまた鳴る。

「たびたびすみません。実は〝ハロルド・レイディーズ〟から、わたしの携帯に別のメッセージが入っていたんです。午後五時までの期限付きで、九十五万ドルのオファーをしてきました」

「あの二人には、われわれと連絡がつかなかった、って伝えてくれよ」アレックスが答える。「もう病院を出た後だったって。われわれからの返事が依然ないんだとね。わたしたち夫婦は歳をとって忘れっぽくなってるんだって。とにかく、何でもいいから時間稼ぎをしてくれないか。われわれは今晩、ゆっくり頭を休ませたいんで」

土曜日の夜

一時休戦

その晩、アレックスとルースはルドルフとメイの夫妻と夕食を共にする予定だった。ルドルフとメイは、二人のいちばん古い友人であると同時に、アレックスの後ろ盾になってくれている画商でもあった。二組の夫婦は一週間おきの土曜日に、たいていは十卓程度の細長いエスニック料理のレストランで顔を合わせる。到着するのは、レストランのオープンする六時きっかりと決まっている。それより遅くなると、元気のいい陽気な客が集まってきて、アレックスとルドルフは、二人合わせて一万二千ドルの補聴器をつけていても、相手の声が聞きとれなくなってしまうからだ。

ルドルフは痩身で背が高く、火打石から削りだしたような目鼻立ち。メイはアイスキャンデーの棒のように細い、凹凸のない体つきをしていて、ふさふさとした灰色の三つ編みの髪を昔から背中にたらしている。いまは七十六歳なので、その髪も腰のあたりまで届いている。メイがボストンの裕福な上流家庭の出なのにもかかわらず、いつもあか抜けない地味な装いをしているのに対し、貧家に育ったルドルフは、王侯のようなりゅうとした身なりをしている。

ルドルフとアレックスは、ワシントン・ハイツで共に育った仲だった。いずれも移民の息子ながら覇気に富んで頭もよく、ニューヨークの一流文化人の輪に入ろうと切《せっ》磋琢磨《さたくま》した。アレックスが絵の才能に恵まれていたのに対し、ルドルフの才覚は、メイと結婚して、彼女の相当額の遺産をえげつないくらいの巨富に増やすことに発揮された。五〇年代の初期、とうとう金の力で上流階級にのしあがると、ルドルフは画廊を開設した。最初に展示したのが、アレックスの描いた戦争画だった。アレックスは除隊後、軍用の緑色のテント地に多彩な色で戦闘のシーンを描いていたのである。〝戦火を描く〟という展示タイトルを考えてくれたのもルドルフだった。ルースは、アレックスにとって最初の、揺るぎないパトロンになってくれたルドルフを尊敬もし、大切にも思っていた。

片やメイは、ルースにとってずっと厄介な存在だった。それぞれの夫から互いに紹介されたとき、メイとはうまくやっていかなければ、とルースは思った。初めて会うことになった日、ルースはメイシー・デパートで買った最高のドレスを選び、教師に似合いの靴に磨きをかけ、赤いフレームの新しいキャットアイ・グラスをかけて出かけた。一方、メイはというと、ボンウィット・テラー・デパートで買った古ぼけた薄青いカーディガンにテニス・ショーツ姿で現れたのである。

それからほぼ十年、妻同士の交際にはどこか冷たいよそよそしさが付きまとっていた。それが、ドロシーを飼いはじめたときから一変した。初めて会ったとき、メイはいきなり四つん這いになって、ドロシーと同じ目線で話しかけたのだ。それを見てルースには得心がいったのだった、メイは特に偉ぶっていたわけではなく、だれとでも対等に付き合う主義の人だったのだということが。その態度は動物相手でも変わらず、ドロシーに対しても文字どおり対等に話しかけるのだった。

今夜の食事の席で、アレックスとルースは思い切った行動に出るつもりでいた。アレックスの古い絵を寄贈できる小さな美術館、もしくは財団みたいなものを見つける手伝いをしてもらえないかと、ルドルフとメイに頼むつもりでいたのだ。これから引っ越すにあたって、現在たまっている絵まで持っていくわけにはいかない。夫の売れ残りの絵がようやく処分できると思うとルースはひと安心なのだが、アレックスはまだ割り切れない気持ちでいた。

メイが『ニューヨーク・タイムズ』で見つけたレストラン、〈ザズー〉を探して、二人は二番街のほうに折れた。〈ザズー〉がどんなエスニック料理を出すところなのか、ルースはまるで見当がつかない。いまどっちの大陸に向かっているのかすら、わからないのだ。パミールが近くにひそんでいはしまいかと気にしている者がいるかどうか、すれちがう歩行者の顔をよく見ても、みんな平然としている。どのショップも込み合っていて、バーにも人が詰めかけている。〈ザズー〉はポーランド料理のレストランとコリアンの野菜店のあいだに押し込まれていた。ドアをあけると、胡椒系のスパイスと香の匂いが熱気をさらに濃密なものにしている。小さなベルの音が二人の到着を告げる。店内は映画館のように薄暗い。どっちに向かったものかと迷っていると、奥のほうからルドルフのバリトンの呼びかけの声と、メイの控えめな、こっちよ、という声が伝わってくる。ルドルフとメイは隅のテーブルに陣取って、車のダッシュボード程度の明るさのライトの下でメニューを見ていた。

「ドロシーが入院しているの。背中の手術を受けて」夫と二人、コートを脱いで腰をおろしもしないうちにルースは言う。ルドルフとメイは、ドロシーの名づけ親も同然だった。あなた方の身に何かが起きたら、いつでもドロシーを引きとるから、と普段から言ってくれている。とにかくドロシーが大好きで、ときどきドロシーが訪ねていったりすると無茶苦茶可愛がるため、同居している彼らの息子が不機嫌になるくらいだった。その息子はすでに五十三歳で、三流どころの映画プロデューサーなのだが。

「まあ、驚いた」メイが言う。「で、大丈夫なの？」

「なぜ知らせてくれなかったんだ？」ルドルフも眉をひそめる。

「ちょうど夕食時だったの。ドロシーはいつも、わたしたちより先にテーブルにつくでしょう」ルースは説明を試みた。「ところがあの子、キッチンを離れないのよ、まともに歩けなくて。粗相もしちゃったんだけど、そこからも離れられないの。アレックスが抱きあげると悲鳴をあげるしね。それで、まな板をストレッチャー代わりにして、病院につれていったの。ところが、ミッドタウン・トンネルが閉鎖されていて、正確な原因もわからないんですものね。結局、二時間もかかって病院にたどりついたら、こんどはガードマンがすんなり中に入れてくれないの、ドロシーの首輪が金属検知器に引っかかってしまって」

「動物病院でも金属検知器を使うのかい、きょうびは?」ルドルフが訊く。

「バイタルサインはみんな良好でね」と、アレックス。「手術をうまく乗り切って、尻尾もちゃんと振ったんだ」

とたんにメイの顔が輝き、涙まで浮かべているのにルースは気づく。過分な期待を抱かせてはいけないと思って、ルースは口を添える。「でもね、お医者さんから注意されたの、いま尻尾を振ったからってこれから歩けるようになるとは限らない、って」

「医者からはこうも言われたんだ、ドロシーの脊椎に神経が一本通っている限り希望はある、とね」

「正しくはこう言ったのよ、あの子が痛みを感じる限り希望はある、って」そんなことを言っても無意味だと思いながらも、ルースは訂正する。ドロシーのことならすべて正確に把握しておきたいのだ。

「いずれにせよ、希望があるわけね」メイが優しく割って入る。

長身の、ほっそりしたウェイターがテーブルのわきに立つ。アジア系の目、褐色の肌、トウモロコシの毛のようなブロンドに染めた髪。ルースとアレックスにメニューを手渡すと、イギリス訛りの英語で、「何かご質問がございますでしょうか？」

「この店の特別料理は何なんだい？」ルドルフがたずねる。

「〝純赤道料理〟ですが」

「こんなに店内がむっとしてると、食欲も湧かんがね」

「では、最初にヤシ酒はいかがでしょう？　当店のスペシャルでございます」

「それをボトルで頼むよ」アレックスが言う。ふだんは、何か新しいものを試すことになると、四人の中ではいちばん臆病なのに。

「とにかく、長い一日だったわ」ルースが言う。「午前七時にドロシーの手術。その一時間半後には、オープン・ルームがはじまったから」

「こんな日にオープン・ルームだったのかい？」

「家を見にきた人たちがいたの、実際に？」メイも訊く。「トンネルの事件のこと、みんな、知らなかったのかしら？」

ルドルフがメイのほうを向いて、「あの事件に気づかないやつなんて、いるはずあるまい？」

「もちろん、みんな、それを承知できてたのよ」ルースが言う。「トンネルの事件があったからこそ、みんなやってきたの。わたしたちが大安売りするんじゃないかと期待して」

ウェイターがヤシ酒を運んできて、めいめいのグラスに勢いよくつぐ。

「あら、甘いのね」ちょっと口をつけて、メイが言う。

「マニシェヴィッツ・ワインにココナッツ・ミルクを混ぜたような味だな」と、ルドルフ。

「では、ご注文をうけたまわってよろしいでしょうか？」ウェイターがたずねる。

「スパイスを効かせてない料理といったら、どんなものがある？」ルドルフが訊いた。

「塩抜きの料理はあるのかな？」と、アレックス。

「それでしたら、ソースをかけないガラパゴス・フィッシュはいかがでしょう、蒸したフィッシュになりますが」

「ガラパゴス・フィッシュってのは、何だ？」と、ルドルフ。

「ワイルド・サーモンでございますが」

「しかし、サーモンてのは寒い海中を泳いでるんじゃなかったか？」

「わたしはタラワ・チキンにするわ」メイが言って、メニューを閉じる。

「タラワじゃ何種類の香辛料を栽培してるんだ？　あそこはサンゴ島のはずだぞ、たしか。よし、わたしも同じものにしよう。サラダはついてくるのかい？」ルドルフが言う。

「はい。それと、ココナッツ・ライスもお添えします」

「わたしのサラダはドレッシング抜きにしてね、お願い」メイが言う。「それと、ライスもいらないから」

「わたしのには添えてくれ」と、ルドルフ。

「何か別の魚があるかな？　サーモンにはアレルギーがあるんだよ」アレックスが言う。

「それでは、パプア・パーチなどいかがでしょう、やはり蒸してお出しします」

「ソースには塩が入ってるかい？」

「はい、〝純赤道料理〟でありますからして。どのソースにも、塩は入っております」

「じゃあ、ソース抜きで頼む。サラダにかけるドレッシングも軽めにしてくれ」

ルースは〝盛り合わせ〟にする。どんな取り合わせか知りたくて、というより、きょうはもう自分で何か決定を下すのに疲れたからだった。

「で、オープン・ルームのほうは、何か手ごたえがあったかね？」ウェイターが去ると同時にルドルフがたずねる。

「それがね、入札競争みたいな状況になってるの」

「すごいじゃない、それは！」と、メイ。

ルースは首を振る。「最初の申し込みの額はあまりに低すぎて、検討する気にもなれなかった。パミールが逃げまわっている限り、こちらの望む額にはとうてい達しないと思うの。だから、まったく先が読めないんだけど。電話だけは次から次にかかってくるわ。動物病院のお医者さんからか、不動産屋のリリーからか、わからなくて。ドロシーの術後がどうなのか、それも心配だし」

ウェイターがサラダを運んでくる。どの皿にもドレッシングがたっぷりかかっている。

「家内は、ドレッシング抜きで、と言ったはずだぞ」油でギラギラ光っているレタスがメイの前に置かれたのを見て、ルドルフが言う。

「わたしは、ドレッシングを軽めにと頼んだはずだ」と、アレックス。「それに、うちの家内のサラダはどこにあるんだ?」

「わたしは頼んでないから」ルースが言う。

「しかし、メイン料理にはついてるはずだな」ルドルフが言う。

「〝盛り合わせ〟はオードヴルでありますからして」ウェイターが説明する。「サラダは含まれておりません」

「ともかく、サラダを持ってきてさしあげろ」

「では、ドレッシングはおかけしますか、それとも抜きで?」ルースに向けた笑みは慇懃《いんぎん》そのもので、小馬鹿にしているようにも見える。

「どっちでもいいから」ルースは答える。

軽くドレッシングをかけたサラダが届くあいだに、アレックスの両足がカタカタと床を踏みはじめる。大事な一件を切りだすタイミングが近づいてきたのだ。売れ残った仕事の運命が、こんなにも緊張を誘ってしまう。

「それにしてもだね」ルドルフが言う。「こんな非常事態の真っ最中にアパートメントを買おうって輩《やから》は、どういう人種なのかね？」

ルースが口をひらく。「二人、年の頃が二十か、せいぜい二十五くらいの女性がいたと思って。それが、わたしたちの寝室のベッドに寝そべってもいいかって訊いてきたのよ」

「寝そべるって、寝具の下にかい？」

「そうね、わたしたちが立ち会っていなかったらそうしたでしょうね。ここに寝そべるとどんな眺めが目に入るのか知りたい、って言うの。さすがに、寝転がる前にブーツは脱いでくれたけど」

「それは気がきいたこと」

「もうすっかり寛《くつろ》いじゃって、まるで女王さまみたいにわたしたちのベッドに寝そべるんですものね。まるまる八分間は、そうやって寝転がったまま動かなかったわ。これ、時計を見て確かめたんだから、たしかよ」

メイとルドルフは呆れて笑いだす。

「実は、昔の作品をなんとかしたいんだが」突然、アレックスが切りだす。

新しいサラダが運ばれてくる。メイのサラダはパサパサで、アレックスのサラダはうっすらと油で光っている。ルースのサラダは、ドレッシングの海に浮かぶレタスの島だった。

ルースはテーブルの下で夫の膝をつかみ、なんとか落ち着かせようとする。が、貧乏揺すりは止まらず、かえってアレックスの不安の深さを感じてしまう。

「いいかね、アレックス」勢いよくサラダをつつきながら、ルドルフが言う。「あんたにはいまこそ新しい仕事に集中してもらわんとな。次の展示会には、わたしもメイも手応《てごた》えを感じているんだ。あのFBIの彩色画は実にタイムリーだよ。だいぶ関心が集まってる。こういう好機にわざわざ古い作品を持ちだすこともあるまいが」

「まあ、それもそうかな」アレックスはルースに言う。

「あなた、わたしたちはあした、わが家を売りに出すのよ」ルースは敢《あ》えて釘《くぎ》をさす。

「最近のコレクターたちは、テーマの明確な作品をほしがるんだ。そういう意味では、あんたのFBIファイル・シリーズの出番がとうとうまわってきたというわけだよ、アレックス。いまはだれでも冷戦時代に郷愁を抱いているからな。それでみんなは、ジェームズ・ボンドに抱かれるロシアの女スパイが最悪の敵だった頃を懐かしがるのさ。それとか、あのアニメ・シリーズ、〝ロッキーとブルウィンクルの大冒険〟の敵役、ボリスとナターシャとかを。あの土曜の朝のアニメ番組では、ヘラジカのロッキーとムササビのブルウィンクル、それにイスラム聖戦士たちが大活躍したよな?」

メイが自分のサラダにちょびっとドレッシングをかける。「ルドルフの言うとおりだわ。昔は画廊にくる人って何時間も絵に見入ったあげく、いろいろな質問をしてきたものよね。ところが、最近はどうかと言えば、あなた、くる人、くる人、みんな携帯でぺちゃくちゃしゃべりながら入ってくるんでしょう。で、何人かの相手と携帯でしゃべるあいだに画《え》のモチーフがつかめないと、さっさと出ていっちゃうんですもの」

「こんどの展示会で、あんたはまた話題の主になれる、それは請け合うよ」

話題って、どんな? そもそもアレックスはまだ忘れられた存在ではないのに、とルースは思う。

「そうよ、またいろんな引き合いがくるに決まってるから」メイがつけ加える。

「あんたの古い作品まで手に入れようと、みんな、躍起になるだろうよ」

テーブルクロスの下で、アレックスの足がようやく止まったのをルースは感じる。引っ越しを控えて、古い作品はみんな処分しようと二人で決めたのに、アレックスはもうその問題をパスするつもりでいるらしい。

ウェイターがメインの料理を運んでくる。

「おいおい、まだサラダも片づけてないんだ」ルドルフが文句を言う。「それは後にしてくれ」

「そうしたら、お食事が冷めちゃうわよ」メイが言う。

「キッチンで冷めないようにしておけんのか?」ルドルフがウェイターに嚙みつく。

「でも、どうせ乾燥しちゃうわよ」メイが言う。「いいわ、わたしのチキンはここに置いてって」

「わたしの分も置いてってくれ」アレックスが言う。

「わたしのは、いったんさげてもらおう」と、ルドルフ。「サラダを先にすませたいからな」

「ね、あなた、いま残っている絵はどうするの?」アレックスのほうを向いて、ルースが言う。「お皿みたいに梱包《こんぽう》する? あれだけあると、美術館の引っ越しも同然よ! このままずっと残しておくわけにいかないと思うけど。どこか、収容する場所を探さないと」

「ルドルフが言いたいのは」ウェイターをさがらせてから、メイが口をひらく。「何かいい方法が決まるまで、わたしたちの倉庫に喜んで保管させてもらう、ということなんだけど」

「そうそう、それを言いたかったんだ」ルドルフはサラダをたいらげて、メイのチキンを試しに口に運ぶ。「なんだ、こいつはケンタッキーフライドチキンのレモングラス添え、みたいな味じゃないか」言ってから、ウェイターの姿を探す。

「だから、あなたの料理も置いてってもらえばよかったのに」メイが言う。

　ルドルフの料理がもどってくるのを待ちながら、ルースは自分の盛り合わせの皿を見下ろす。メイの心遣いに感謝したくてたまらないのだが、もしその提案にのれば二人の男に気まずい思いを抱かせるだけだ、ということもわかっている。二組の夫婦の友情が保たれているのは、双方の財力の違いを――たとえ無料の保管というオブラートにくるまれたとしても――表立ったものにしない、という暗黙の了解が守られていればこそなのだ。

　アレックスは、自分のフィッシュとライスを見おろしながら、石と砂を見おろしているような索漠とした思いにひたる。事態は何も解決されていないのだ。古い作品が倉庫にしまわれれば、いずれ忘れられてしまうにきまっている。自分だって忘れてしまうだろう。あの一連の絵のモチーフは、自分の命に劣らぬくらい重要だったのに。絵筆をとりながら頭に描いていた戦闘は、実際に体験した戦闘と同じくらい——場合によっては、もっと——強烈だった。あのときアトリエで絵筆を握っていた自分は、ヒーローであり、敵でもあった。

「ところであなた方、パミールの人質になった女の会見、ごらんになった？」メイが訊く。

「テロリストが麻薬なんかやるもんかい」周囲を見まわして、自分の料理を運んでくるウェイターを探しながら、ルドルフが言う。「日頃から麻薬をやるんだったら、そもそもテロリストになる必要なんかないだろうが」

「この人の勇ましい口調に騙《だま》されないでちょうだいね。実は、わたしたちに負けないくらい臆病なんだから」メイが言う。「なにしろ、水爆を落とされた場合に備えて、空気でふくらませる式のカヤックを来客用の寝室に置いてあるくらいなのよ。どうするつもりかというと、いざという場合、息子と三人であれをハドソン川まで運んでいって、血相変えている群衆を尻目に、せっせとふくらませるんですって。で、すがりついてくる連中をしっしと追い払って、ニュージャージーまで漕《こ》いでいくの」

「いまでこそメイは馬鹿にしたようなことを言ってるがね、わたしがあれを買ったとき、缶詰と放射能中和剤をたっぷり積みこめるようなのがいいと言ったのは、メイなんだからな」

「だって、どうせ核爆弾用のシェルターを作る気なら、食料を存分に保管できるようにしたほうがよろしいじゃないの」

ルドルフの料理がようやく運ばれてくる。

「大変熱いので、お気をつけくださいませ」ウェイターが警告する。

とろっとしたソースがふつふつと泡立っているのに、ルドルフはひと口チキンを食べてから慌てて冷たい水を飲む。

「核分裂でも利用しなきゃ、こんなに熱くはなるまいよ」

「だから、あなた、放射能中和剤が必要なんじゃないの」メイが言って、ルースとアレックスのほうを向く。「で、新しく引っ越すところはもう見つけたの?」

「それがね、まだ探しはじめたばかりなの。高い物件ばかりだし」

「なるべく早くニューヨークとはおさらばすることったよ」ルドルフが言う。

「もしかすると、あなた方がいま、階段をのぼり降りしなきゃならないのは天の恵みかもしれないわね。その苦労があればこそ、もっと便利なところに引っ越そうと思いついたんでしょうし」メイが言う。「うちでもしょっちゅう、引っ越す話をしているのよ。画廊をね、サンタ・フェに移したいの。ところが、息子がサンタ・フェを嫌っているものだから、どうにもならなくて。だいたい、この街で週末をすごしても、何も面白いことはないわ。ルドルフはカヤックがちゃんとふくらむかどうか調べて時間をつぶしているけど、わたしはもう退屈で死にそう。ライオンの口にくわえられたガゼルのようなものだわ——もうぐったりとして、運命に身を任せるだけ。息子に言わせるとね、オサマ・ビン・ラーディンがあれっきり攻撃を仕掛けてこないのは、ハリウッド症候群にかかってるからなんですって。あれだけ派手なスペクタクル映画で成功してしまうと、もうちんまりとした独立系のアート・シアター・フィルムなんか撮る気にならないんだそうよ」

「みんなで南の島に逃げだす前に、知っといたほうがいいな、あっちで食べることになるのはこんなお粗末な代物《しろもの》だってことを」最後に残ったチキンの切れ端をフォークでつついて、ルドルフは皿を前に押しだす。

「困ってしまうわよね、本当に」メイはナイフとフォークを皿に置く。料理にはほとんど手をつけていない。

アレックスのパーチはもうなくなっている。ルースの皿にもほとんど何も残っていない。ただ、何を食べたにしろ、味はまったく覚えていないのだが。

ルドルフがまたフォークを手にとって、メイが残したチキンをつつきはじめる。

「たしか、『ニューヨーク・タイムズ』にはいい評がのったんじゃなかったかい?」

ウェイターがまた傍らに立つ。「それでは最後のお楽しみ、デザートについて、ご紹介させていただけますでしょうか。今夜のスペシャル・デザートは、グアバ・シロップ添えのフライド・マンゴー・ソルベとチーズケーキでございます」

「赤道直下でもチーズケーキなんぞ、つくってるのかい?」ルドルフが毒づく。

「わたしどものチーズケーキは、ニュージャージーのパサイックから取り寄せてございます」

「お勘定をお願いね」メイが言って、静かにクレジット・カードをウェイターに手渡す。

「じゃあ、チップはわれわれに払わせてくれ」アレックスが言う。

「あいつにチップをやる気にはならんね」と、ルドルフ。

「そうだわ、忘れるところだった」メイがルースのほうを向いて、「もうドロシーのお見舞いにいっても大丈夫なの?」

外に出たところで、二組の夫婦はハグし合って別れの挨拶を交わす。

「ドロシーのことで何かあったら、必ず知らせてちょうだいね」メイが言う。

「いろいろとお心遣い、ありがとう」ルースがささやく。

「次のディナーは、わたしらが持たせてもらうぞ」アレックスが宣言する。

「絵を移したくなったら、知らせてくれよ」

「あしたは幸運が舞い込みますように」メイがつけ加える。

メイより頭一つぶん背が低いルースと、ルドルフより頭二つぶん低いアレックスが、五番街に向かってとおざかる友人夫婦を見送る。腰までの三つ編みの髪が、メイの背中で揺れている。

「メイが純粋な親切心から言ってくれたのはわかるけど、わたしたちの年齢で五階まで階段をのぼり降りするのは天の恵みだなんて、よくも思いつけるわね」

「倉庫に保管してもらうのが名案だとは、とても思えないんだがな」二人は東のほうに曲がって、公営住宅の方角に歩いていく。

いつのまにか気温が上がっていて、空気が爽やかに感じられる。ルースはスカーフをほどき、コートのいちばん上のボタンをはずす。あつがりなのは、いつもルースのほうなのだ。アレックスは赤い野球帽をかぶる。時刻は八時をすこしまわったところ。イースト・ヴィレッジの基準では、まだ宵の口だ。土曜の夜にくりだしてくる連中は、まだ目をさましてもいない。SM愛好家向けのショップやトランス系ミュージック・ショップ、各種のドラッグを販売する店など、どれもがら空きだった。旧式のアーク灯で照らされたトンプキンス・スクエアが、こちらにいらっしゃいと誘っている。ルースがアレックスの腕をとって、二人は公園に入ってゆく。道につもった雪はすでに溶けているが、格子細工のように頭上を覆う楡《にれ》の小枝はまだ白く見える。それは、クレムニッツ・ホワイトにハンザ・イエロウをわずかに混ぜてアレックスが生みだす白に近い。

ルースが見あげると、目に入るのは雪ではなく、白い枝の隙間から透けて見える黒い空だ。この時節、空はたいていブリキの天井のように低く灰色にたれこめているのだが、今夜の空はまさしく本来の姿、無窮の天蓋に見える。

冬の暖かい土曜の夜というと、公園はたいてい郊外からやってくるティーンエイジャーたちに占領される。大音量の音楽。わが物顔でスケートボードで走りまわる若者たち。だが、今夜目に入るのは、チーズとラヴィオリの店を出している初老のイタリア人夫婦と、寒い日にはきまって図書館に退避するホームレスのチェス・プレイヤーぐらいのものだ。あるときルースは彼と本について語り合ったことがある。彼のご贔《ひい》屓《き》もひと昔前のロシアの作家たちだった。

「静かだね、今夜は」だれにともなく、ホームレスの男が言う。

「あのトンネル、永久に閉鎖してしまえばいいのさ」イタリア人の夫のほうが応じる。

「橋やトンネルはみんな閉鎖して、このマンハッタンをあたしたちだけの島にしちゃえばいいのよ」彼の妻が言う。

アレックスとルースは公園を出て道路を渡り、ニューススタンドの前に立つ。〝犯人は鳥――ボルティモアの横転事故〃といった見出しには、二人とも目もくれない。いまの二人の関心の的は、不動産売買の欄だ。ルースが代金を支払い、アレックスが分厚い『ニューヨーク・タイムズ』の日曜版をとりあげて小脇にはさむ。女生徒の重たい本を持ってやる男子生徒のように、アレックスはルースの肩を抱いて家にもどり、そびえたつ階段をのぼり切る。

留守番電話には何も入っていなかった。安心していいのか（病院から電話がなかったということは、ドロシーが頑張っているのだ）、落胆すべきなのか（新しいオファーがなかったということ）、ルースにはわからない。アレックスはテレビのニュースをつけ、ルースはキッチンのテーブルについて、国際ニュースよりも分量のある不動産欄をひらく。目がいくのは、十四丁目以南のエレベーター付き2DKの物件だ。ハンドバッグからペンをとりだして、これはという物件を丸で囲む。明日オープン・ルームが予定されている2DKの物件は三十二。そのうち、価格が百万ドル以下のものは一件しかない。

小さめな二部屋
学生や初めての購入者に最適
若干の手入れが必要

新価格！

九十万ドル

これは丸で囲まないわけにいかない。ルースは一段上の価格帯の物件にも目を走らせる。

陽光溢《あふ》れる二つの角部屋
作りつけの本棚！
朝日を浴びる窓下の長椅子
百十万ドル

この物件も丸で囲むと同時に、星印もつける。予算よりは高いけれど……。

「何かニュースはある？」テレビの音にかき消されまいと、大きな声でルースは問いかける。

「市長がまた記者会見をしたんだな。警察のホットラインに目撃情報を寄せるのは、パミールの可能性がかなり高いときだけにしてほしいと、市民に要望したようだ。FBIには一万件以上の情報が寄せられたんだとさ。そっちはどうだい、これはという物件はあったかい？」リビングから叫び返す。

「一つだけ、嘘みたいに素晴らしいのがあるんだけど。ねえ、パミールの目撃情報も、不動産の価格に影響するのかしら？　例の原理が正しいとしたら、どこもかしこも危険だとなると、価格は上がるはずよね？　至るところで目撃された場合は、不動産市場はどうなるんだろう？　リリーの言ったこと、あなた、覚えてる？」

アレックスもキッチンに入ってきて、ルースの肩越しに新聞を覗き込む。物件の一つのわきに、大きな星印がくろぐろと描かれている。新聞紙のような吸収性の高い紙に、あれだけ黒い星を描くとなると、ペン先にかなりの力をこめたはずだ。アレックスの目が価格に吸い寄せられる。百十万ドル。

「これは手が出ないだろう、われわれには」

「ううん。あの〝ハロルド・レイディーズ〟をお手本にすれば、なんとかなるわよ。もし本当にこの物件がほしかったら、まず言い値より十五万ドル安い額をオファーするの。で、明日の朝、トンネル事件のニュースが一段と険悪になっていたら、オファーの額をさらに五万ドルさげる。わたしたちがやらなくても、だれか他の人がこのパニックを利用するにきまっているんだから。そう考えるようになったの、わたしも。だって、そういう作戦に出たとして、何かまずいことでもある？　売り主に笑われる、とか？　わたしたちも最初、〝ハロルド・レイディーズ〟を笑ったけど、いまはどう？」ペンを置いて、「わたしときたら、事件が悪いほうに向かうのを願うなんて。ねえ、これから起こる最悪の事態は何だと思う？」

「引っ越しをさらに数か月延期せざるをえなくなる、とか」

「ううん。わたしの願いが現実のものになること」


ベッドに入ると、ルースは目覚まし時計のアラームを七時に合わせてから、『チェーホフ傑作集』に手をのばす。そして、昨夜眠りに落ちるまで読んでいたページをひらいた。犬をつれた奥さんはまたしても泣いているけれど、すでに数年の時がたっていて、ホテルもちがう。こんどはグーロフも西瓜《すいか》を食べることなく、彼女を抱いて深い同情に打たれる。〝まだこんなにも温かく愛らしい生命は、おそらく、自分と同じように、ほどなく色褪《いろあ》せ、萎《しお》れはじめるのだろう。どうしてこの女はこれほどまでに自分を愛してくれるのか？〟恋人たちは話し合い、人目を忍んでこっそりと逢引《あいびき》するのではなく、もっとゆっくり会う方法を案出しようとする。男のほうは妻と娘を抱えて銀行に勤め、女のほうは夫に仕えながら――もしあの子犬がまだ生きているのならば――ポメラニアンも抱えて、共に遠く離れた町に暮らしている。この窮境を脱するにはどうすればいいのか。

この恋人たちの運命を、ルースはすでに知っている――あの頃、ほとんど毎年のようにクラスで教えたのだから――けれども、結末に近づくたびに、こんどこそ事態は変わるだろうという新たな希望をチェーホフが生みだそうとしているのに気づく。こんどこそ〝すべてが解決し、新たな輝かしい暮らしがはじまるだろう。だが、二人はすべてを見通していた。終わりはまだ遠く手の届かぬ先にあり、厄介きわまる困難な局面がいまはじまったばかりなのだということを〟。

日曜日

泣き落としの手紙

ドロシーはいま準個室に入っている。同室仲間は、銅貨を飲みこんでしまったブルドッグ、胆石を患っているプードル、鼻炎にかかったメキシカン・ヘアレス、それに足にギプスをはめているパグ、といった面々だ。それぞれのケージは緑色の壁沿いに並んでいる。ドロシーのケージは、ブルドッグの上に置かれている――だから、ブルドッグがなんとか銅貨を便中に排出しようとしているのが臭いでわかる。同室仲間が息も絶え絶えのチワワしかいなかった集中治療室とちがって、ここは吠え声で騒々しい。ナースが通りかかると、みんないっせいに彼女の注意を引こうとする。だが、ドロシーには自分にしかできない決め技がある。ナースがきたなと思ったら、ここぞとばかり尻尾を振るのだ。「まあ、すごい」ナースは必ず立ちどまって言う。「背中の手術が終わって一日しかたってないのに、もうシミー・ダンスができるなんて。その調子だよ、もっと振ってみて」

ところがけさは、べとついた手をした医学生がナースに付き添っている。彼はケージからドロシーを出すと、冷たい鋼鉄の検査台にすわらせる。

よし、とばかりにドロシーは尻尾を振る。だが、医学生はにこりともしない。ドロシーはナースの顔を見あげる。

「ごめんね、ドティ。でも、きょうはそれだけじゃだめなの。なんとか歩いてみてよ」

ドロシーを抱えあげると、ナースはドロシーの下半身を支える。それを見て、医学生はテーブルの先端のほうにまわって叫ぶ。「さあ、おいで、ドロシー！」

ドロシーはもう一度医学生のために尻尾を振る――もっと強く、もっと速く――だが、尻尾を振っただけでは、医学生は満足してくれない。

ナースがそっとドロシーを床に降ろす。「すぐもどるからね」廊下に向かって彼女は叫ぶ。「ねえ、モーリシオ、あんたのマックマフィンにはさんであるソーセージ、ちょっぴりちょうだいよ」

もどってきたナースは、ドロシーにとって生命そのもののような芳香の源をつまんでいる。この三十六時間、ドロシーは何も食べていない。いまやドロシーにとって、全世界がその美味しそうな匂いを発散しているものに凝縮されている。ナースのほっそりした褐色の指先から、医学生の青白い指先へとソーセージが移動する。

「もう一度名前を呼んでみて」ナースが言う。

青白い指先がソーセージの小片をつまんでいる。

「ほら、ドロシー！」ナースの助けを借りて、ドロシーはなんとか検査台の上で立ちあがる。一歩前に踏みだして、よろっとする。

「その調子、すごいすごい、ほら、もう一度」ナースが励ますようにささやく。

よだれの垂れるような匂いに向かって、ドロシーはまた一歩踏みだす。まだソーセージには届かないが、もう一歩、さらに一歩と近づいてゆく。

「やったな。よし、ラッシュ先生を呼んでくるよ」医学生はソーセージを持ったまま部屋を出てゆく。あれをどこに持っていく気なんだろう？

「えらい、えらい、ほんとにえらい」ナースが言う。「その調子なら、もう今夜にはダンスをしてるよね」

優しそうな青い瞳の医師が入ってくる。こんどは彼がソーセージを手にしているのが匂いでわかる。「でかしたぞ、ホットドッグちゃん。でも、ホットドッグがソーセージを食べるのかい？　なんだか共食いみたいだな」ドロシーの鼻をもちあげて、細い光線を目に当てる。それから冷たい聴診器をドロシーの胸に押し当てて、心臓の鼓動に聴き入る。ドロシーはひたすら、香ばしいソーセージが宙に描く軌跡を目で追う。ソーセージはいま、医師の左手にある。とうとう医師はソーセージを差しだしてくれた。が、ドロシーの鼻の寸前で止めてしまう。こんどはナースの助けを借りずに、ドロシーは立ちあがる。一歩進んでふらつき、また一歩進んで、よろっとする。でも、あきらめずに前に進んで、とうとうソーセージにかぶりつく。

「奇跡のダックスフントだな、きみは」最後に残ったソーセージの小片を、医師はドロシーに与える。がぶっと丸呑みしてしまってから、いけない、よく噛まなかった、とドロシーは思う。まだ味わえるものというと、医師の指先に残っている肉汁だけだ。それを全部舐めきって、もう何の味もしなくなったとき、ドロシーは感謝の思いを込めて医師の指先を自分の唾液できれいに洗ってやる。

「おはようございます、視聴者の皆さん」バセット犬のような目のニュースキャスターが話しかける。今朝はひげもきれいにあたっていて、シャツもネクタイも新しい。テレビの前で朝の紅茶を飲んでいる二人——まだひげもあたっていないアレックスと、寝ぼけまなこのルース——の目には、赤ん坊のように熟睡した顔に見える。

「けさは国土安全保障省の顧問で、ベテランの犯罪心理学者でもいらっしゃる方をゲストにお迎えしています。果たしてパミールは本当に自爆テロ犯なのかどうか。この重要な問題にお答えしていただくわけですが、その前に、一般市民はこの問題をどうとらえているのか、ここで確認しておきましょう。けさの世論調査の結果です。パミールは本当に自爆テロ犯だと思いますか？ イエスが七十七パーセント、ノーが十二パーセント、わからないが十一パーセントでした。では、専門家はどうとらえているか、お聞きしましょう」

「相も変わらずだな」アレックスが言う。

「すくなくとも、わたしの望みは実現してないみたいね」ルースは応じ、それとほとんど同時に——呼び出し音が鳴ったことに夫が気づくよりも先に——電話に出る。ソファにすわったままアレックスは妻の顔を注視し、日曜の朝、いったいだれがこんな早い時間に電話をかけてきたのか、推し測ろうとする。目をぎゅっと閉じて、真剣に聴き入っているルース。やがてひらいたその目には、喜びの涙があふれている。

「ドロシーが歩いたんだって！」

「じゃ、大丈夫なんだな？」

「五歩も歩いたのよ！」

アレックスはルースの手をとって、握りしめる。「で、いつ家に帰ってこられるんだ？」

「あしたの朝。でも、きょうの十一時すぎなら、会いにいってもいいそうよ。ああ、先生、ありがとう、ありがとう、ありがとう」

アレックスの見守る前で、ルースはそっと受話器を受け台にもどす――まるで、優しく寝かしつけるように。

「ラッシュ先生の話だと、美味しそうなソーセージで誘ったら五歩も歩いたんだって」

「じゃ、あの子の好物のパテで誘ったら、何歩進んだろうな」

「二週間はケージの中で寝かせておく必要があるけど、その後は、積極的に歩くように励ましてください、って」

「二週間もベッドの中で朝食をとっていたら、もう二度と起きあがらないんじゃないか」

「ドロシーはね、奇跡のダックスフント、ですってよ」

アレックスがシャワーを浴びているあいだ、ルースはテレビをつけっ放しにしておく。だが、それには背中を向けて、きょう持っていくものをバッグに詰め込んでゆく――携帯、鍵、折りたたんだ新聞（オープン・ルームの住所がのっている）、メモをとるためのペンと用紙、それに、押すとキューと鳴るドロシーのホットドッグの玩具。ラッシュ医師は、玩具を一つ持ってきてもかまわない、と言ってくれたのだ。きょうはダウンタウンの二つのアパートメント――若干手入れの必要な小さめな二部屋の物件と、予算額をオーヴァーしている物件――を見学し、それからバスで病院にいくことになっている。電話が鳴ったのは、出かける寸前だった。リリーかな？　入札競争の最新情報だといいんだけど、と思いながら、ルースは寝室の子機をとりあげる。

「ねえ、自爆テロ事件はその後どうなってんの、そっちでは？」かけてきたのは、妹のセルマだった。

フロリダのフォート・マイヤーズの妹の家でニュースを伝えるテレビの音と、わが家のリビングでニュースを伝えるテレビの音が、同時に聞こえる。寝室のドアを閉めてから、ルースは答える。「そっちが知ってる以上のことは、こっちでもわからないのよ」

三年前、クイーンズの郵便局を定年退職したセルマは、新しいボーイフレンドのテディと一緒に、キャメロット・ガーデンズというシニア向けの住宅地に引っ越したのだ。「構内にはね、プールが二つに、パソコンが使い放題のクラブハウスがあるし、いざとなったら介護サービスも利用できるの。どんなペットを飼おうと自由だし」セルマからはそう聞かされていたが、ルースはまだ一度も訪ねたことがない。妹のことは愛しているけれど、テディが苦手だし、それにセルマの飼っている二匹のヨークシャー・テリア、ハッピーとマフィンをドロシーが軽蔑しているからだ。両親が亡くなってから姉妹が共有するものはほとんどなくなってしまったが、ペットに対する愛情だけは別だった。お互いに飼っている犬の話になると、とたんに親密さがもどってくるのである。

「うちのドロシー、すごく心配だったんだけど、なんとか治りそうなのよ」ルースは言う。「たったいま、動物病院の先生とお話ししたところだったの」

「まあ、よかったじゃない。どこが悪かったの、いったい？」

「背中が麻痺しちゃったの。で、緊急手術を受けたんだけど、また歩けるようになるかどうか、わからなかったのね。でも、あの子、もう五歩も歩いたんだって。奇跡のダックスフントだ、って言ってたわ、あの先生」

「スクラブル・ゲームの仲間で、やっぱりワンコを飼ってる女性がいるんだけど、そのワンコ、足が一本ないの。でも、ぜんぜん普通に歩いているんだって。で、いつ家に帰ってこられるの、ドロシーは？」

「それが、あしたなの」

「お姉さんのとこ、やっぱりオープン・ルームをやる気？」

「もうやったわよ、きのう」

「じゃ、自爆犯が逃げまわっているというのに、知らない人を家にいれたわけ？」

「まさかパミールが家探しをしているとは思えないし」

「で、オファーはあったの？」

「あったにはあったんだけど、こちらの希望価格よりずっと低いので、承諾したものかどうか迷ってるところ」

「で、いくらで買いたいって言ってきたの？」

「九十万ドル」

「ひえーっ、すごい大金じゃない！」セルマは叫ぶ。

マフィンとハッピーが背後で吠えはじめたのがわかる。

「でも、この街じゃ何も買えないのよ、その額じゃ」

「じゃあ、キャメロット・ガーデンズに引っ越してくれれば。それだけのお金があれば、楽勝でラヴェンダー・コート・ヴィラが買えるから。この住宅地で、いちばん豪華な家。あたしはまだ中に入ったことがないんだけど、どの部屋からもプールが見えるし、キッチンのカウンターなんてみんな花崗岩《かこうがん》仕様だって。クラブハウスには美術工芸室もあるから、義兄《にい》さんはそこで絵を描けばいいじゃない」

「だめよ、あの人は一人で部屋にとじこもらないと仕事はできないんだから」

「でもさ、それだけのお金があれば、二棟分買っちゃって、一棟を義兄さん専用にすれば。そしたら、お姉さんはもう女王さまみたいに暮らせるわよ」

じゃあまた、と言って電話を切った後、ルースはつい考えてしまう。フロリダ暮らしを本気で考えたほうがいいだろうか？　もちろん、キャメロット・ガーデンズではなく、どこか妹の家に近くて、でも、あまり近すぎないところ。自分とアレックスがフォート・マイヤーズで暮らしているところを、頭に描こうとしてみた。ニューヨーカーらしいダークな服装をした自分たちが、背中の悪いドロシーを引っ張って六車線の大通りを渡り、そこからこんどは延々と続く駐車場を横切って、ホットドッグか何かを食べにゆく。あるいはミルクとパンを買いにいったりとか……。

アレックスはきょうの外出に必要なものを、コートのポケットに詰めてゆく──現金、財布、胃薬、アレルギーの薬、補聴器用の予備電池、櫛、それと爪楊枝《つまようじ》のスティム・ユー・デント。その横で、ルースは手袋とスカーフを用意する。外に出る前に二人はもう一度テレビを見て、パミール関係の最新のニュースをチェックする——どうかしてパミールと鉢合わせしたりしないように。

「自爆犯は錯乱した人間だとする見方は、大いなる誤謬《ごびゅう》です」口紅を雑に塗った、二重あごの女性が言う。彼女の画像の下には、〝犯罪心理学教授、国土安全保障省顧問〟の肩書。「自爆犯になる可能性は、どんな人間も抱えているのですから。これは通常の心理学、通常の集団力学から言えることでして。正常な人間といえども、しかるべき環境下に置かれ、しかるべき知人の影響下に置かれれば、自爆犯になり得るのですね」

「つまり、同僚からの圧力が原因になると言ってるわけ?」ルースがアレックスに訊く。

「いや、パミールがどこにいるのか、まだ何の手がかりもない、と言ってるのさ」

その街区の中間点あたりにさしかかったところで、アレックスはここ数年来耳にしなかった音に気づく――雪を踏みしめる自分自身の足音、ペンテコスト派教会から流れる歌声、空に舞いあがる一群の鳩の羽音、そして遠方で鳴り響くサイレン。つけている補聴器の能力を完全に信頼しているわけではないが、戦場慣れした老兵の耳に、サイレンの響きは銃の一斉射撃のように響く。

「聞こえるかい？」アレックスは妻にたずねる。

「何が？」

「サイレンの音だが」

「きのうと同じくらいじゃない」ルースは夫の腕をつかむ。ひんやりした空気が頬や喉に心地よい。つくづく、フロリダではなくニューヨークに住んでいてよかったと思う。「わたしたち三人の新居を探すんだと思うと、世の中もちがって見えるわね？〝小さめの2DK〟がいいとこだったら、素敵じゃない？あの〝黄色いゴム長〟のオファーで合意したら、その額で買えるんですものね。〝ハロルド・レイディーズ〟のオファーを受け容れた場合は、この2DKを買って、まだお釣りが出るくらいだわ。

それに、場所も近くだし。通う薬屋さんも変えなくてすみそう」

目指す建物は、アヴェニューCの二丁目の角に近い、これといって特徴のない六階建てだった。ルースはまず外観の特徴に目を凝らす——模造煉瓦、落書き、各階に開き窓は二つだけ、窓台はなし、玄関前の階段もなし。玄関の扉は塗装されていない鋼鉄製。

インターホンのわきの居住者表示板に目を走らせる。住民の入れ替わりが激しいことが読みとれる。名前が消されたり、かすれて読みとれなかったり、重ね書きされたりしているものが多い。短期に転居する人が多いことが見えてくる。2G室の上に、〝オープン・ルーム〟の紙がテープで貼ってある。

ベルを押そうかどうか、ルースが迷っていると、

「ここまできてしまったんだから、ルース、見るだけ見てみようじゃないか」アレックスが促す。

ルースはベルを押し、アレックスはドアロック解除のブザーが鳴ると同時に中に入ろうと身がまえる。

インターホンがガーッと鳴って、トラックの警笛よりも大きなブザーの音が鳴り響く。鋼鉄の扉が、いまにも爆発しそうにわなわなと振動する。アレックスが肩でおしあける。

「いま、中に入りましたから」ルースが振り返って、インターホンに向かって叫ぶ。

玄関ホールはかなりの広さだった。が、胃腸薬ペプトビスモルの容器のようなピンク色の壁に、ルースはのけぞりそうになる。エレベーターはタバコのにおいがする。二階でドアがひらくと、重低音の、腹に響くようなロックンロール・サウンドが二人を出迎える——日曜日の、まだ午前九時だというのに。ルースは肩をそびやかして2G室のドアをノックする。

現れたのは、黒い長髪、細面で、長身の若者だった。裸足《はだし》のままなので、仲介役の不動産屋ではないな、とルースはあたりをつける。

「どうぞ。自由に見てよ」男は言って、部屋の一つに引っこんでしまう。その部屋ではテレビがついているようだった。

ルースはリビングに入ってみる。トンネルのような細長いスペースで、光を採り込んでいるのは唯一、端っこにある開き窓らしい。これといった家具はなく、ソファにはクッションも置かれていない。壁には日本のマンガのポスター。大学の友愛会館というやつに、ルースは一度も足を踏み入れたことがないけれど、きっとこんな感じなのだろうと思う。キッチンを覗いてみる。くるっと一回転してみるだけの広さもない。浴室も点検してみる——浴槽はなく、シャワーがあるだけ。排水口にはお茶の出しがらのような色の錆《さび》がこびりついている。寝室に入ってみる。一つしかないベッドは寝乱れたまま。あの裸足の若者は、オープン・ルームに備えてベッドをきちんと整えることもしなかったのだろうか？　次の部屋を覗き込んで、驚きの声をあげそうになった。人で大混雑なのだ——アレックス、さっきの裸足の若者、ラクダのコートを着た二人のロシア人紳士、赤ん坊をつれたカップル、それになんと、昨日わが家を見にきて、ベッドに寝そべっていいですか、と訊いた若い女までいる。膝丈のブーツに見覚えがあるから、間違いない。全員の目が、壁一面を覆うくらいに巨大なテレビの画面に注がれていた。あのバセット犬のような目のニュースキャスターの顔が、月のように大きく映っている。彼はいままさに重要なご託宣をたれようとしているような表情を浮かべている。画面の上部には、〝ニュース速報——ニューヨーク全市が標的に〟の文字。

「このニューヨークでは、二十四時間いつでも、約一万五千台のイエロウ・キャブが走りまわっています」おごそかな声で、ニュースキャスターが言う。「いまや、その一台一台が、ワールド・トレード・センター・ビルかもしれないのです」

「いったい、何事？」ルースは訊く。

「パミールがタクシーを乗っ取ったんだよ」アレックスが教える。

「薄汚い格好のタクシー運転手に化けたとなると、見分けるのが容易じゃないな。もう逮捕は不可能だぞ、おそらく」ロシア人の一人が言う。

「やり残した仕事を片づけるために、あのトンネルに向かってるのかな?」と、もう一人のロシア人。

これはライヴァルを蹴落とすための〝この世の終わり〟戦術かもね、とルースは思う。このロシア人たちは父がよく言っていた〝火事場泥棒〟なのかもしれない。ルースの父親は、第二次世界大戦後の闇市でただの一セントもズルして儲《もう》けようとしなかった、信仰心の篤い、夢想家肌の卵売りだった。母に言わせれば、〝単なる田舎者《いなかもの》のお人よし〟にすぎなかったのだが。

「あいつ、ニューヨークを出て、またどこか別の場所で騒ぎを起こす気かな?」この部屋の主の若者が、爪を噛みながら言う。

「クイーンズにいく気なのかもよ。彼の奥さんがクイーンズに住んでるんじゃなかった?」あの能天気な〝寝そべり女〟が言う。

「タクシーには営業許可番号がついてるはずでしょう?」ルースが訊く。

「パミールは運転手をトランクに閉じ込めたんだそうだ。だから、乗っ取られたのがどのタクシーなのか、一見したところではわからないんだな」アレックスが言う。

「市内の全タクシーに、十時までに営業所にもどれって、市長は命じたんだってね」と、〝寝そべり女〟。

「となると、パミールはあと四十八分間、自由に動きまわれるわけだ」最初のロシア人が言う。「やつには共犯者がいるのかもしれないしな。となると、この先、まだ何が起こるかわかったもんじゃないぞ」

「自爆するまでに、客を何人か拾って乗車賃とチップを稼げるわけだよ」もう一人のロシア人が言う。

「もしくは、いさぎよく自首して出るとかね」家主の若者が爪を噛み噛み言う。

リリーの言うとおりだわ、とルースは思う。オープン・ルームのあいだはテレビなんかつけないことね。

マンハッタンの衛星写真がテレビの画面に現れる。縦横に走る街路は黄色、ビル群は赤い方形として映っている。バセット犬のような目のニュースキャスターが新しいゲスト、『交通の普遍理論』の著者である大学教授に問いかける。「一万五千台ものタクシーを十時までに路上から一掃するには、どうすればいいんですかね、教授？」

教授の顎ひげはあまりにも野放図に伸びているので、目鼻はまるで生垣の上からこっちを覗いているように見える。「無理ですな、それは無理」言ってから、教授は背後の衛星写真のほうを振り返る。それで後頭部がこちらを向いたのだが、目がないだけで、正面像とまったく変わらない。「交通の流れは水のように動くのです。赤い方形は島、黄色い縦横の線は川の支流と考えてください。タクシーの一台、一台は水滴です。それが急に潮の流れに逆らって動きだしたらどうなるか。引き波が生じて何時間も交通の流れをせき止め、各交差点は巨大な波に呑み込まれてしまうでしょう」

バセット犬のような目のニュースキャスターは、権威に弱いお利口な学生のように厳粛な顔で耳を傾けていたが、そこでおもむろに視聴者のほうに、テレビの前に集まったオープン・ルーム見学者たちのほうに向き直る。「宇宙から見るニューヨークの街は美しいですね、皆さん。しかし、きょう、そこに映る黄色い縦横の線は、のどかな煉瓦敷きの道路ではないのです」

「やっぱり、きょう、アパートメント・ハンティングを行うのは賢明じゃないのかもしれないな」ピンク色の玄関ホールを出ながらアレックスが言う。

「ううん、きょうこそアパートメント・ハンティングには絶好の日なんじゃない。二人のロシア人以外みんな帰ってしまったときの、あの若者の情けなさそうな顔、見た？　この部屋なんか、もう投げ売りしたっていい、って顔してたじゃない。きのうのわたしたち、まさか、あんな表情をしてなかったならいいんだけど」

交差点までできて、四方をぐるっと見まわせるようになると、アレックスは、ニューヨークのタクシー独特のあの黄色が灰色の街頭から消え去ったかどうか目を凝らす。が、イエロウ・キャブはまだいくらでも走っていた。近くのロウアー・イースト・サイド・ブレイク・ショップから出てきた女性が、タクシーを呼びとめた。食べているマフィンが美味しすぎて、タクシーの運ちゃんがパミールじゃないかどうか、確かめる気にもならないらしい。理性を忘れさせるほど美味しそうなあのマフィンを、アレックスも食べたくなる。

「どこか暖かいところに腰をおろして、コーヒーとマフィンを楽しもうじゃないか、ルース。そして十時まで時間をつぶすんだ。あと十五分近くある。本当に十時までにタクシーが残らず消えてしまったら、もっといろいろなことがわかるさ、きっと」

パン屋に一歩入ると、先刻、音をとらえたときの鋭敏さが匂いに対しても発揮される。アレックスの鼻はさまざまな匂いをかぎ分ける——シナモン、砂糖、コーヒー、香味料のキャラウェイシード、焼いた小麦粉、そして土くさいブラン《ふすま粉》の香り。

「ブラン・マフィンとコーヒー」アレックスはカウンターの女性に注文する。

「あなた、本当にブラン・マフィンにするの？」ルースが訊く。「コーヒーも一緒に飲むんだから、イングリッシュ・マフィンのほうがいいんじゃない？」

「世界はきょう破滅するかもしれないんだ、やっぱりブラン・マフィンがいいね」

「わたしはイングリッシュ・マフィンと紅茶ね」ルースは注文する。

二人は窓際の席で食べはじめる。アレックスはマフィンの包み紙をむしりとり、ルースは紅茶に砂糖を加える。「病院にもいけるといいんだけど」砂糖をもう一杯加えながら、「わたしたちがくるってこと、ドロシーにはわかるかしら？」

「ああ、わかるさ」がぶっとマフィンにくらいついて、その美味さにアレックスは一驚する。空気に匂いが漂っていたように、絶妙な風味がマフィンにしみこんでいるのだ。その風味をとことん味わおうと、ゆっくりと嚙みしめる。はるかな昔、ドイツ国境での戦闘の合間にライ麦の黒パンを食べながら、こんなにうまいものがこの世にあるだろうかと感嘆したのを思いだす。あの頃は、恐怖という調味料のおかげか、何を食べてもうまかったものだ。

「あら、いつのまに」ルースが言う。

その声でマフィンから顔をあげたアレックスは、妻の驚きの視線を追って窓の外を眺める。なんと、黄色いタクシーが一台も走っていない。まるで、友人の金髪のかつらを長らく見慣れていた人間が、突然、彼の禿《は》げ頭を見せられたような感じだった。アレックスは、隣りのテーブルでノートパソコンに見入っている男のほうを向く。

「何か新しいニュースが出ているかい？」

男は外の景色を見ようともせずに、パソコンのディスプレイの文字を読みあげる。

「パミールのタクシーが乗り捨てられているのを、警察が発見。場所はクイーンズボロ橋の近くのＦＤＲドライヴ」

「それがパミールに乗っ取られたタクシーだって、なんでわかるんだ？」

「トランクの中に運転手が押し込まれていたからさ」

「生きてたのかい？」

「ああ」

「で、パミールは？」ルースが訊いた。

「また姿を消してしまったらしいよ」

さっさと家に帰って、ドロシーに会いにいくまでベッドにもぐりこんでいたい。それがルースの本音だったけれど、一方で、いまのうちに二番目のオープン・ルームも見ておきたい、という気持ちも強かった。なぜなら、仮にパミールがつかまった場合は、病院にいく前に急いで二つ目のオープン・ルームを見にいく必要もなくなるからだ。パミールがつかまったら、当然不動産の価格は上がるだろうから、二つ目のオープン・ルームのアパートメントはますます手が届かなくなるにきまっている。自分はとにかく、あのアパートメントを見てみたいのだ。なんだか恥ずかしいけれど、パミールがまだつかまらないことに、ルースはちょっぴり安堵してもいる。

ルースは椅子から立ちあがる。「ねえ、もう一つのアパートメントを見にいきましょうよ」

「まだマフィンを食べてるんだがな」

「歩きながら食べればいいじゃない」

目指すアパートメントは二番街の二丁目にあった。古い大きな墓地と同じブロックだ。その墓地は広さ半エーカー（約二千平方メートル）で、樹木や大理石《マーブル》の墓石、石の壁、鍛鉄製のゲートなどが目立つ聖域だった。ゲートの銘板には、〝マーブル墓地1830　紳士たちの永遠の安らぎの場所〟と書かれている。墓地と隣り合わせで暮らすのは、公園の近くで暮らすよりずっと素晴らしい。ここに眠る〝紳士〟たちは、スケートボードを乗りまわしたり、ラジカセで大音量の音楽を流したりはしないはず。ルースは歩調を早める。建物は南に面していて、明るい陽光を浴びている。そこまでまだかなりあるのに、窓が墓地を見下ろしているのが見てとれる。逸《はや》る気持ちを、ルースはなんとか抑えようとする。とにかく、まだ中に入ってもいないのだから。建物の外観には、これといって目立つ特徴はない。ごく平凡な、世紀の変わり目頃の煉瓦造りだ。が、最近塗装し直されたらしく、砂色に黒い縁どりという配色が洒落《しやれ》ている。玄関の扉はローズウッドだ。表示板はガラス張りで、すべての名前がきちんとタイプで打たれている。不動産屋の名刺が貼ってあるインターホンのボタンを、ルースは押す。「オープン・ルームの見学にきました」

スピーカーに向かって叫ぶと、きびきびした明瞭な答えが返ってきた。「エレベーターで最上階にあがったら、通路を右に曲がってください」

玄関ホールは簡素だが洗練されていた。黒と白のタイル、白い壁、羽目板、そしてフランスのプロヴァンス風の小さなベンチ。ルースは勇んでエレベーターのボタンを押す。ドアがひらくと一匹のフォックス・テリアが飛びだしてきて、その後から携帯で熱心に会話中の男が出てくる。

「犬を飼ってもいいんだわ！」ルースがアレックスに言う。

エレベーターはゆっくりと確実に上昇してゆく。六階の壁は玄関ホールと同じくクリーミー・ホワイト。廊下は森閑としていて、心臓の鼓動の音まで聞こえそうなくらい。目ざす部屋のドアをノックする。顔を出した不動産屋の係はカールがかった黒髪の若い女性で、どうぞお入りください、と言ってくれる。何かを焼く香ばしい匂いがする。と思ったのだが、すぐに、シナモンを煮ている匂いだ、とルースは気づく。アレックスは寝室をアトリエに転用できるかどうか気がかりだったので奥に向かい、ルースはまず手前のリビングに足を踏み入れる。天井までの高さの本棚と、作りつけの窓下のベンチを早く見てみたかったのだ。中に入ると、もう人でいっぱいだった。コートが触れ合い、濡れた靴が床を汚し、上気した顔があちこちを見まわしている。そしてもちろん、もう見慣れた、あの〝寝そべり女〟もいる。みんな、最新のニュースなどどこ吹く風、もっぱら壁と天井が交差する部分のクラウン・モールディング（回り縁）の仕上がりに気をとられている。テレビが切ってあるので、それも道理だった。ルースは窓下のベンチの、チャイナ風の赤いクッションに腰をおろす。窓外の眺めは期待通り、大空の下に静穏な墓地が広がっている。

キッチンはもうすこし広めがいいのだけれど、床には朝日が四角形に射し込んでいて、これならドロシーの日向《ひなた》ぼっこにはぴったりだ。ガスレンジを試してみたが、四つのバーナーがちゃんと作動する。

最初の寝室の広さは、いまの自宅のそれとほとんど変わらない。クイーン・サイズ・ベッドと二つのナイトテーブル、それにパソコン用のデスクが置かれていて、まだ余裕がある。窓からは、オークの大木の枝が見える。いまは葉も落ちて黒々としているが、夏にはしたたるような緑が見えることだろう。ベッドに横たわるとどんな景色が見えるのか試してみたくなったが、もちろん、思いとどまる。それに、そこにはもう例の〝寝そべり女〟がブーツを脱いで寝そべっている。

思いがけなかったのは二つ目の寝室だった。形がイレギュラーで、一つの長い壁と三方の短い壁から成る台形をしているのだ。ルースは距離の目測が得手ではないけれど、最奥端の壁までは六メートル以上ありそうに見える。もしかしたら、目の錯覚かもしれないのだが。アレックスは、キャンヴァスが架かるのを待っているような白い壁までの距離を目測している。大股に一歩後退し、また一、二歩後退する。いまの自宅のアトリエは、奥行きが四・五メートルくらいしかない。これが六メートルに増えれば、彼にとってどんなに重要な意味を持つか、ルースにはわかっている。

不動産屋の若い女性の前には、すでに質問者の長い行列ができていた。自分たちも並んで待つあいだ、アレックスは、妻が緑の眺望に恋い焦がれるように、ああいう奥行きのある部屋がほしいと痛切に思う。と同時に、いま兆している切迫感は、さっきコーヒーと一緒に食べたブラン・マフィンのせいだと思いつく。「ちょっと、トイレにいってきたいんだが」アレックスは妻の耳にささやく。

「いま？ 次がわたしたちの番なのよ。もうすこし我慢できない？」

「すまないが」

「では、お次の方」不動産屋の若い女性が言う。

「このアパートメントの価格だけど、あれは最終的なもの？」ルースはたずねる。

「すぐもどるから」アレックスは言い、トイレを探して廊下に急ぐ。百十万ドルの値段がついているのに、このアパートメントには浴室が一つしかないらしく、アジア系の二人の若い女性がスマホのカメラで浴槽の写真を撮っている。

「失礼、トイレを使いたいので」二人の女性が出ていくと、アレックスは浴室のドアをロックし、窓を思いきりひらく。ギクッとするほどの寒気が流れ込む。アレックスはベルトをゆるめて、便器に腰をおろす。

だれかがドアをノックする。

「すぐに出るから！」アレックスは叫ぶ。

またそれかがドアを軽く叩く。

「ちょっと待っててくれ！」

だれかが勢いよくノックする。

「そうせかしなさんなって！」

ノックを気にすまいとしてアレックスは補聴器のスイッチを切り、床に目を落とす。タイルのデザインが洒落ていて、菱形《ひしがた》の模様になっている。四つの黒い方形を八つの青緑の方形が囲んでいる。この色はどうすれば出せるだろう？　セルリアンにビリジアンを混ぜてみるか？　あれだけ広いスペースが自分のものになったら、もっと大きなスケールで描いてもいいはずだ。あのＦＢＩファイルを彩色写本に変身させられるのだから、屋外広告だって素材にできるのでは？

用をすませてトイレの水を流し、便座の蓋を閉める。手を洗い、シャツの裾をズボンにたくしこみ、補聴器の音量を上げてマッチを探す。だが、ポケットには爪楊枝のパッケージしか入っていなかった。窓をあけたままドアをひらいて、百十万ドルの部屋のトイレはどんなものか、わが目で確かめようとする連中のわきをすり抜ける。

もうこれ以上訊きたいことはない。ルースは外の眺めを背に窓下の椅子にすわっていた。アレックスがようやくもどってきた。「ねえ、ここは封入入札方式なんですって。申し込み期限は正午で、その結果が最終的なものになるの。もし勝っていたら即契約で、再交渉の余地はなし。入札額を引き下げることもできないの」

「悪かったな、我慢できなかったので」

「だから、イングリッシュ・マフィンにしなさい、って言ったのに。こんどからは、わたしの言うことも聞いてくれる？」

隠密《おんみつ》にプロの意見を聞いてみようということになって、玄関ホールまでエレベーターで降りる途中、ルースはそっと夫の腕をとる。ちょっと言いすぎたと思ったのだ。

「でも、結果的にはよかったかもしれない。あなたがあの場にいたら、その場で申し込んじゃっていたかもしれないし。あなたがブラン・マフィンの香りに引きずられたおかげで、頭を冷やす余裕ができたのかもよ」

「じゃあ、さしずめ〝ブラン・マフィン効果〟だな」

玄関ホールで、ルースはリリーに電話をかける。

「パミールがつかまるまでは、もうだれも新しいオファーはしてこないと思います」

リリーが言う。

「この件をどう思うか、訊いてくれ」アレックスが促す。

「実はね、リリー、いいアパートメントを見つけたのよ。何から何まで、申し分ないの。でも、正午までに入札しないと、買えないかもしれないの。売り主の言い値は百十万ドル。でも、仲介している不動産屋さんの話だと、それ以下の額でも売り主は検討する用意があるんですって」

「どんな額でも検討する用意があるってことは、売り主は弱気なんですよ。だとすると、取引きを有利に運べるかもしれませんよ。そこにつけこむんですね。ただし、後で冒険しなかったことを後悔するような低い額はオファーしないこと。同様に、決まってから辞退したくなるような高い額もオファーしないこと。そうなった場合は訴訟になって弁護士費用が発生してしまいますから。それから、いざ契約という運びになったら、売り主がちゃんと契約書に署名するのを見届けること。というのも、仮にパミールがテロリストではなく、ちょっと頭のおかしい人だったということがわかった場合には、不動産価格は暴騰します。売り主はなんだかんだと口実をかまえて、契約を破棄しようとするかもしれませんからね。それと、こういうケースの場合、買い手はオファーに添えて、一種の請願書を差しだすものなんです。つまり、同額のオファーをした人間がいて、その人との競り合いになった場合に、自分のほうがこの家に相応《ふさわ》しい人間だということを売り主にアピールするんです。そういう展開になったら、泣き落とし戦術に訴えるのも手ですからね。この業界の人間は、そういう請願書のことを〝泣き落としの手紙〟と呼んでるんですけども」

教師の職を定年で辞めたとき、これを機会に書くことに挑戦してみようか、とルースは思ったことがある。といっても、小説などというだいそれたものではなく――自分にはそんな埋もれた才能があるなどとは毛頭思っていなかった――シンプルな自伝だとか、友人たちの横顔のスケッチとか、そういうものにチャレンジしてみようと思ったのだ。言ってみれば、自分だけのために書くことの練習、読書に寄せる愛情を何かそれ以上のものに転化できるかどうかの実験。ところが、情けないことに、そしてつくづく幻滅させられたことに、文章表現の真髄とはこれだろうと読者の立場から理解していたこと――たとえば隠喩の意味に気づいたときのぞくっとするような喜びとか、他人の意識を盗み見る喜びは――タイプライターのキーに指をすべらせた瞬間に雲散してしまったのである。自分に書けたのは、陳腐な常套句《じょうとうく》ばかりだった。その意味ではチェーホフの短編、「クリスマス週間」に登場する無学な老農婦も同然だった。チェーホフの老農婦は、もう何年も音信不通の娘への手紙を口述する。意味もない決まり文句をだらだらと書き連ねるように、代書してくれる男に頼み込むのだ――〝わたしらの娘、たった一人の愛する娘に、心からの、とこしえの祝福を。クリスマス、おめでとう。こちらは二人とも、なんとか元気でやってるからね。あんたもつつがなく、元気で暮らしているよう、神さまに、天にましますます王さまに、お祈りいたします〟――この農婦が何を娘に伝えたいのかといえば、自分たち夫婦はやむなく雌牛を売り払ったものの、餓死しそうな窮状は変わらない、ということなのである。

実はそれまで、ルースは奇妙な安堵を覚えた――物を書くという野心にきっちり蓋をしたことで、ルースは奇妙な安堵を覚えた――

実はそれまで、教職をつづけることで自分はもっと輝かしい運命を逃しているのでは、という思いが心の片隅に居座っていたのだ。が、それは単なる自惚《うぬぼ》れにすぎなかったことがはっきりした。その冬、ルースは〝平和と正義を求める女性連合〟支部の書記に立候補し、アレックスには最後まで黙っていた。書く練習をしたことについては、アレックスには最後まで黙っていた。

広報宣伝の仕事を引き受けたのだった。

だが、いま、惚れ込んだアパートメントの玄関ホールで対策を考えているうちに、これこそは自分が創作の才を発揮する最後のチャンスかもしれないという思いがルースの胸に広がった。

売り主の方へ

わたしどもにとって、きょうは奇跡ではじまりました。愛犬のドロシーはもう二度と歩けないかもしれない、とお医者さまから言われていたのに、そのドロシーがけさ、五歩もあるいたのです。願わくば、きょう、同額入札になった場合、二度目の奇跡が起きて、わたしたちが選ばれたら、これほど嬉しいことはないのですが。夫は著名な画家、わたしは長年公立学校の教師をつとめて退職した身です。この地で暮らして五十五年になります。わたしどもの歳で、もしこのままこの地で暮らすことができたら、なんと幸せなことでしょう。わたしも、夫も、あなたのアパートメント、とりわけ窓下の椅子と作りつけの書棚に心を奪われています。二つ目の寝室は夫にとって理想的なアトリエになることでしょうし、可愛いドロシーもあのキッチンのタイルの上で柔らかな陽光を浴びることができたら、きっと以前の体力をとりもどすことができるにちがいありません。

あなたの親愛なる
アレックスとルース・コーエン

ルースは手紙を読み返した。まぎれもなく自分の本心なのだが、なんとなく自己PRのようにも読める。

「で、いくらにする？」ルースは夫にたずねる。

「わが家の売却額と同じ額にすべきだろうな。九十万ドルにしたらどうだい」だが、ルースも同意して、契約書に書き込もうとするのを見た瞬間、アレックスの気持ちが変わる。「いや、九十一万ドルにしよう。追加の一万ドルはなんとかなるよ、ルース。あのFBIファイル・シリーズは人気が出そうだと、ルドルフも言ってたじゃないか。しかし、待てよ、確実な線を狙って、九十二万ドルにするか。いや、いっそ九十三万ドルにしたほうが……」

夫がいま口にしている額は、あのロシアの老農婦の祈りと同じようなものなのだ、とルースは思う。夫をいま動かしている思いはこうなのだろう——〝おれたちは大切な、大切な雌牛を売りに出した。報われて当然ではないか？〟

ルースは最終的に九十五万ドルと書き込む。これまでに書いたこともないような額だ。そんな額を書き込む機会になど、一度も出会ったことはないのだから。

病院の廊下に、さまざまな吠え声や鳴き声が交錯する。ワン、ウォーン、キャン、ギャン。自分のケージの中で、ドロシーはまったく無感動に、見下したように、その騒ぎを聴いている。自分も加わろうという気はまるでない。鉄棒の隙間から外を覗きながら、ドロシーはただ悲しげに、低い呻き声を洩らす。それはすぐに吠え声の大合唱に呑み込まれてしまう。いまはこれが自分の暮らしなのだという諦めの境地に、ドロシーはひたっている。窓のないケージの中で、他の犬たちの騒々しい吠え声に圧倒され、楽しみといえばほんのわずかなソーセージの切れ端だけ。そんな暮らしがこれからもつづくのだろうか。

「この十分間、頭がいかれたように騒ぎまくってるね」言いながら、用務員がドロシーの下の空のケージを水道のホースで洗浄する。そこにいたブルドッグは、飲みこんだ銅貨をとうとう排出できたのだ。「ここにいるワンコたち、みんな、何かがおかしいことに気づいてるんだよ。危険が迫っていることがにおいでわかるんだな、きっと。ニュースキャスターなんかより、ここのワンコたちの声を聞いてたほうが先が読めるぜ。だってさ、ツナミで溺れた象なんて、見たことないだろう?」

「そういえば、手術の直前にそれと勘づいて、ガラス戸の隙間から逃げだしたオウムの話、聞いたことがあるな」メキシカン・ヘアレスの鼻に噴霧器で薬を吹きつけながら、医学生が応じる。

「やっぱり、動物には第六感ってやつがあるのさ」

「動物はね、あたしたちが怖がってることを鼻でかぎとるだけなのよ」ナースが言って、ドロシーのケージの戸をひらく。ドロシーをつかんで外に引きだしながら、「あんたは怖がってなんかいないもんね」ドロシーの目の下でかたまった涙の痕を、優しくふきとってくれる。「ママとパパがきているよ。悲しくて泣いてたなんて、思われたくないでしょ。でも、なんてきれいなんだろ、この長い睫毛《まつげ》。だれにお化粧してもらったの？」

ドロシーを抱いたナースは迷路のような廊下を進んで、大きな部屋にたどり着く。そこには外の世界のにおいが充満している――雪、泥濘《ぬかるみ》、濡れたレザー、しめったウール、グースのダウン、毛皮、羽毛、そして頭髪。でも、さっきまでいた病棟の仲間たちのにおいに辟易《へきえき》していたドロシーにとっては、そうしたにおいですら花の香りのように感じられる。

「ドロシーの飼い主の方はどこ？」ナースが受付係にたずねる。

「ああ、あの小柄な老夫婦ね？　第二待合室よ」

ドロシーを片腕で抱えて、ナースがドアをあける。ルースとアレックスが弾《はじ》かれたようにプラスティック製の椅子から立ちあがる。ドロシーの目に、二人は〝小柄な老夫婦〟なんかには見えない。どう見ても、巨人のようだ。まず目に入ったのは、ルースの眼鏡、そして大きな全能の神のような目。それから、アレックスの差しだした両手。大きな犬が近寄ってくると、さっとドロシーを抱きあげてくれる、あの敏捷《びんしょう》な、力強い両手。

「おい、ルース、尻尾を振ってるぞ、ドロシーが！」

狭い待合室にはたちまち胸がしめつけられるような、甘美な再会の匂いがたちこめる。アレックスが慎重にナースからドロシーを受けとり、ルースと一緒に抱きしめる。ドロシーは二人の腕に抱えられ、柔らかなコートのあいだに挟まれる。アレックスとルースの匂いを、ドロシーは胸いっぱいに吸い込む。二人のコートの袖に、ドロシーはキスする。それから、ボタンにも、指先にも、腕時計にも。ルースの顔が近寄ったときには、眼鏡と鼻の頭にも。

ルースは自分を励まして、ドロシーの背中の手術痕に目を凝らす。脊椎に沿って十三センチほど、銀色の鉄路のように毛が剃られていて、切開された部分がホチキスで留められている。見るからに痛々しいのだが、ドロシーが気にしている様子はない。優しく抱きしめてやると、満足しきった吐息を洩らすので、コートの袖を通して、自分の肌を通して、安心感の深さが伝わってくる。

「ずいぶん軽くなったみたい。体重が減ったんじゃないかしら」

「ラッシュ先生とお話ししたいんだがね」立ち去ろうとするナースに向かって、アレックスは声をかける。

二人は椅子に腰をおろしてラッシュ医師を待つ。ドロシーはルースの膝に抱かれていた。この病院にはバスできたのだが、二人はずっと立ちっぱなしだった。バス停で止まるたびに、まるで潮の満ち干のように乗客が押し寄せては引いていった。タクシーの走行は依然として禁止されているらしい。それが、ルースにはわからなかった。だって、パミールはもうタクシーを捨てて逃げまわっているはずではないか。

アレックスは片手を妻の肩にまわし、もう一方の手でドロシーを撫でている。ルースの膝の上でもじもじしながら、ドロシーは彼女の顔を見あげ、それから愁いを帯びた利発そうな目でアレックスを見あげる。口をきけないドロシーだが、何を言おうとしているのか、ルースにはわかる――〝もう二度とあたしを一人にしないで〟。

ラッシュ医師が入ってくる。

「わたしにご用だとか?」

「ホチキスで留めているところ、痛くないんでしょうか?」ルースが訊く。

「動物の場合、痛みの感じ方が人間とは違うんですよ」

「うちにつれ帰ったら、ゆっくりと寝かせておく他に、何かすることがあるのかな?」アレックスが訊く。

「そうですね、グルコサミンとコンドロイチンを一日五百ミリグラムずつ与えてください。飼い主さんによっては、ビタミンCとベータカロチンを与える方もいます。アデクァンという、有望な新薬もありますしね」

「どうやら、うちのメディスン・キャビネットの棚をもう一つ増やさなきゃならんようだな」

「完全に治ったら、また元のように走りまわれます?」

「まあ、好きなようにさせてやってください」他に質問は、という目で医師は二人を見るのだが、アレックスにもルースにも、訊きたいことはもうなかった。「後で、ナースがドロシーちゃんをつれにきますから。きょうお宅に帰らせてやってもいいんだが、あの痙攣《けいれん》の発作が気になりましてね、もう一晩だけ預からせてください」

ドアの向こうに消えるラッシュ医師を見送って、ルースが言う。「痙攣のこと、忘れるところだった」

アレックスはルースの肩を叩き、ドロシーの首筋を撫でてから腕時計を見る。「入札期限がすぎてから、もう十分近くたってるね」

「携帯は切っておいたの。病院内じゃ使用禁止だから」

「普通の公衆電話があるかどうか、見てこようか？」

「わたしたち、」もうすこしでドロシーを失うところだったのよ、アレックス。競売の結果なら、あと五分たってから確かめたって、どうってことないじゃない。あのアパートメントが手に入るか入らないか、二つに一つなんだから」ドロシーを見下ろして、「そうそう、いいものを持ってきたんだ、ドティ」バッグに手を突っ込んで、ゴム製のホットドッグをとりだす。だが、ドロシーは見向きもしない。「やっぱり、ホチキスで留めてあるところ、痛むのね。この子の痛みの感じ方が人間と違うなんて、どうして先生にわかるのかしら？」

アレックスは妻の肩とドロシーの首筋を交互に撫でつづける。黒い毛の上を前後に動く腕時計を見ているうちに、ルースは眠気を誘われてくる。時刻はもう十二時半だ。

「まだこないのかしらね、ナースは?」

ドロシーを元のケージにもどそうと、ナースが緑色の通路を進んでいく。両側のケージの犬たちが猛然と吠えたてる。声もなく沈み込んだドロシーにしても、第六感の強さは他の犬たちに劣らない。毛皮をくすぐるそよ風のように、危険が近いぞ、と暗黙の警報がささやくのだ。とにかく、いま、騒然とした気配が高まりつつあるのはわかっているのだが、いまのドロシーはただただ悲しいだけだった。ルースとアレックスがまたしても自分を他人の手に委ねて帰ってしまったからだ。

「ますます激しくなったな、吠え声が」きんきん声で鳴きわめくメキシカン・ヘアレスの水を取り替えてやりながら、用務員がナースに言う。「間違いない、ワンコたちは何かに勘づいてるんだよ」

ナースはドロシーのケージをあけて、柔らかいパン生地をオーヴンに置くように、そっとドロシーを中に入れる。ドロシーはすぐに立ちあがって、自分も吠えたかった。他の犬たちと一体になって命の限り吠えまくり、ありとあらゆる犬が危険に気づくまで警報を発しつづけたかった。が、結局は悲しみに勝てず、ボールのように丸くなって口を閉じる。

「ねえ、いま冷静を保っているの、あたしとあんたぐらいだよね、ドロシー?」ナースは言って、ケージの戸に鍵をかける。

病院ロビーには、死んだペットたちを悼む銘板――〝ストレッチ、バトン、ケイオス、アーヴィングを偲《しの》んで〟――が架かっている壁がある。ルースとアレックスはそのそばで、あの不動産屋の女性から連絡があったかどうか、携帯をチェックする――仮にあったとしても、そのメッセージの読みとり方など二人とも知らないのだが。明るい液晶画面の新規メッセージの数は五十八。けさよりも一つ多い。もしかしたら、あのオープン・ルームの不動産屋からのメッセージだったのかもしれない。ルースはさっそく電話をかける。アレックスはタクシーが街頭にもどってきたかどうか確かめようと、ロビーのガラスのドア越しに外を見る。ちかちか瞬《また》く赤い文字や、青い槍《やり》のようにひらめくものがガラス・ドア越しに躍っている。ヘルメットをかぶった二人の人影が、入口の両側に立っている。と、突然ドアがぱっとひらいて、靴箱を抱えた女が血相変えて飛びこんできた。

「どうしたんだい？」アレックスが訊く。

「あたしのフェレット、気が変になっちゃって、二階の窓から飛び降りたの。足の骨を折ってるわよ、きっと」

「パミールがＦＢＩに追われて、すぐそこのベッド・バス・アンド・ビヨンドの店に逃げ込んだそうです」金属検知器係の丸顔の若いガードマンが言う。飛びこんできた女の前にまわり込むと、ガードマンが交通指導員のように片手をあげて命じる。

「その箱、中を見せてください」

「爆弾でも入ってると思うの？」

「じゃないと、X線の検査をしてもらいますよ」

女は箱の蓋を大きくひらいて、ガードマンとアレックスに見せる。小さな白い歯が見えた。ガードマンは女を通してやる。

「パミールが爆弾を持ってるってこと、確認されたのかい？」アレックスが訊く。

「いえ。でも、あいつ、人質をとって、たてこもったんですよ」

「人質って、何人ぐらい？」

「さあ、台所用品売り場にいた客を残らずじゃないですか」

そのとき、ルースがアレックスに抱きついてくる。「やったわよ！　あのアパートメント、わたしたちのものになるの！　同額をオファーした人がいたらしいんだけど、わたしの手紙が物を言ったみたい！」

そこで外の異常事態に気づき、赤や青の警戒灯をひらめかせたパトカーの群れをドア越しに眺める。ヘルメットをかぶった人影が、二人から四人に増えていた。「どうしたの？　何があったの？」

「パミールがFBIに追われて、すぐそこのベッド・バス・アンド・ビヨンドに逃げ込んだらしいんだ」

「アッパー・イースト・サイドにもあるわよね、あの雑貨チェーン店？」

「そっちじゃなく、すぐそこの角の店です」まん丸い顔のガードマンが言う。

「爆弾を持ってるの？」

「人質をとってるらしいんだ」アレックスが答える。

「ドロシーをここに残していきたくないわ。そんな近くに爆弾を持ってる人がいるんじゃ。この病院も危険なの？」ガードマンに訊く。

「そういうことは何も聞いていません」

「パミールが爆弾を持っていると決まったわけじゃないんだよ、ルース。もし人質が本当に危険な状態にあるんだったら、いま頃この付近の連中はみんな避難させられているだろうから」

「人間は避難させられても、動物たちはどうかしら？」

ルースはアレックスとガードマンの前を通って入口のドアをひらき、ヘルメットをかぶった男の一人に近づいてゆく。男の顔は黒いヴァイザーの陰に隠れて見えないが、黒い防弾チョッキを着て、アソールト・ライフルを持っている。ルースの頭は男の防弾チョッキにかろうじて届くくらいだし、彼女の後から外に出たアレックスの頭は、男のヘルメットの顎ひもにかろうじて届くくらいだ。

「うちの愛犬、明日にもわが家につれ帰ることになっているんだけど」ルースは警官に話しかける。「もしここが危険なら、すぐにでもわが家につれ帰りたいのよ。この病院は安全なのかしら？」

「ええ、グリーン・ゾーンに入っていますからね」

「グリーン・ゾーンって、何なの？」

アレックスの知識はルースと同程度だが、グリーン・ゾーンはレッド・ゾーンよりは安全なのだろうと思う。「病院にいたほうが、あの子も安全だよ、きっと」と、彼はルースに告げる。かたわらを、パニックに襲われた人たちが足早に通りすぎる。

「それに、どうやってうちにつれ帰るんだい？　タクシーもまだ走ってないようだし」

「この歩道の通行を確保しておきたいので、立ち止まらないでください」ヘルメットの警官が言う。

彼らの西の方角、ずらっと並ぶパトカーの背後の一番街には、各種の特殊車両が隊列をつくっている。装甲トラック、FBIのヴァン、消防車、ブレードを鎌のようにもちあげたキャタピラー式ブルドーザー、それに救急車。彼らはいつでもベッド・バス・アンド・ビヨンドを急襲できるように待機しているのだろう。東の方角のクイーンズボロ橋の上空では、ヘリコプターが数機旋回している。一般市民は、歩行者も車も、ヨーク・アヴェニューの方角に向かうよう誘導されている。アレックスとルースもダウンタウン方面に向かう歩行者たちに加わり、歩道際に設置された警察のバリケードのあいだを通ってゆく。そのスペースがあまりに狭いので、歩行者たちがひしめいて、にっちもさっちもいかない。なんとか先に進もうと、歩行者たちのコートが押し合いへし合いする。サイレンが鳴ったりクラクションが響いたりするたびに人波が揉み合い、アレックスとルースの体は道路からもちあがって、そのまま前に運ばれてゆく。アレックスはなんとか腕を振りほどいて、妻の体を抱きかかえる。ルースも夫のコートをつかんで、腰にしがみつく。

「あなたの言うとおりだったわね、アレックス。ドロシーを病院に置いてきてよかった」

クイーンズボロ橋の陰に入ったところで、警察の道路規制が突然ゆるみ、混雑がすこし緩和される。荒れ狂う家畜のように揉み合っていた人波が、秩序だった隊列に変わる。一人の男が立ちどまって、くしゃくしゃになったクリーニングの包みの皺を直す。携帯をとりだす女もいる。アレックスとルースはまだ抱き合ったまま近くのビルの玄関先に入り、方角を確かめてから一息つく。橋の南の方角の街区はほとんど混乱もないらしい——商店もあいているし、人波もゆっくりと流れている。頭上を見あげると、ルーズヴェルト・アイランド・トラムウェイのケーブルカーが、無人のまま動いている。二人は手をつないで南の方角に向かった。橋のたもとの巨大な石柱の近くでは、報道関係の車両があちこちに止まっている。中からコードが伸びていて、ルーフのパラボラ・アンテナが空を仰いでいる。いま、カメラマンやどぎついメイクの女性レポーターたちに囲まれているのは、綻びの目立つピンク色のパーカを着た中年の女性だった。彼女は命より大事なものを抱きしめるように、ベッド・バス・アンド・ビヨンドのショッピング・バッグを抱えている。

「ちょうどレジの前に立ったとき、みんながいっせいに悲鳴をあげて駆けだしたの」突きつけられたいくつものマイクに向かって、女は叫ぶ。アレックスの位置からでも聞こえるくらいかん高い声だった。「で、床に押し倒された拍子に眼鏡がどっかに飛んじゃって。だれかに踏みつけられて、パーカも破れちゃうし。カードを返してもらうのも忘れちゃったから、いまはどこにあるのか……」

女がまだ被害の全容を話し終わらないうちに、カメラはパンしてマールボロ橋の出口に焦点を絞る。アレックスもそれを目で追う。橋の出口に合流する下側のレーンが、いまは黄色いタクシーで埋まっている。灰色の午後の空と黒い橋の影を背にして、タクシーの黄色が鮮やかに目に映る。「速報です」レポーターたちが次々に叫び、黄色い動脈の流れる橋を背にしてカメラの前に位置どりする。「市中の全タクシー運転手に対し、仕事に復帰するよう市長は命じました。また、すべての市民に対し、アッパー・イースト・サイドだけは避けて、普段の活動にもどるよう要請しています」

「おれたちに必要なのは、車の便なのにな」だれかがぼやく。

「こんなときに、わざわざマンハッタンに入ってくるやつなんているかい？」と、別の男。

「もしかすると、もう全部解決したのかもな」三人目の歩行者が言う。

人波は急に乱れ、二番街の近くで橋から降りてくるタクシーをつかまえようと、歩行者がてんでに走りだす。

アレックスとルースもタクシーをつかまえようと、手をつないだまま小走りで急ぐ。

「どちらまで？」猪首《いくび》のウクライナ人運転手が、バックミラーでアレックスとルースを見ながら訊く。アレックスが野球帽を脱ぐと、白髪が白い竜巻のように逆立っている。ルースは絞め殺されまいとするように、ウールのスカーフを思い切りゆるめる。

「二番街の三丁目にいってちょうだい」運転手に指示してから、アレックスのほうを向いて、「これから手付け金を持っていくからって、あの不動産屋に話したの」

「いや、これからパミールがつかまるか死ぬかして、騒ぎが一件落着するまで、金は払わないほうがいい」アレックスは答える。「街の警戒態勢が解かれないうちは、小切手を切らないからな」運転手のほうに身をのりだして、伝える。「アヴェニューA

とセント・マークス・プレイス通りの角にいってくれ」

「だめよ、あなた。手付け金を払わなかったら、あのアパートメント、わたしたちの手を離れちゃうじゃない。あの不動産屋と話を決めたのはわたしなんだから、あなたじゃなく」ルースも前に身をのりだして、「二番街の三丁目ね」

運転手が振り返る。首があまりに太いので、まるで頭の部分だけが――罎《びん》の蓋そっくりに――くるっと回転したようにルースの目には映る。

「とにかく、ダウンタウンのほうに向かってくれよ」アレックスが言う。「近くまでいったら住所を教えるから」

「どうだろうね、この渋滞」運転手は呟いて、ハンドルをバンと叩く。アクセルを踏んで、ほんの数センチほど前の車のバンパーに接近する。「仕事に復帰しろなんて、よく言えたもんだね。おれの司令官だとでも思ってるのかな、あの市長は。だいたい、だれがそんな権限をやっこさんに与えたんだ？」

「パミールがどうなったか、知ってるかい？」アレックスが訊く。「ラジオをつけてもらえないかな？」

「ぶっ壊れてるんですよ、こいつは。さっき聞いた話じゃ、ビヨンドの店に人質とたてこもってるとか。どうだろうね、この渋滞。テレビに出てた交通専門家の言ったとおりだね。タクシーを街頭に呼び返したら、たちまち波のように押し寄せてきて洪水になっちまうと言ってたよね、あのお偉いさんは」

「すくなくとも電話くらいはかけたほうがいいわよ、あの不動産屋に。で、いま手付け金を持ってそちらに向かっているところだ、って言うの。すこし遅れるかもしれないが、って」

「もし電話を入れなかったら、どうするかな、あの不動産屋は？」

「わたしたちと同額のオファーをした競争相手に電話して、オファーし直す気はないか、って訊くんじゃない」

「じゃあ、もしわれわれの請願書が相手に負けていて、相手のほうが勝っていたら、おまえはオファーをし直していたかい？」

「なんだい、このバスは？」運転手が毒づいてエンジンを空ぶかしし、クラクションを鳴らす。が、何の効果もない。いま前をふさいでいるのはグレイ・ライン観光の二階バスで、斜めに車線を横切っているため側面が見えるのだが、乗客は男と女の二人しかいないようだ。女はアップタウンのベッド・バス・アンド・ビヨンドの方角を見ていて、双眼鏡を覗くように両手を目に添えている。隣りの男は顔をのけぞらせ、口をアングリとあけて寝入っている。

四十五分後。ウクライナ人の運転手が必死にクラクションを鳴らし、車線をこまめに変更し、アクセルをふかして奮闘したにもかかわらず、タクシーはまだ十四丁目にいる。またしても交差点で動きがとれなくなっていた。

「ここからは歩いたほうが早いな」アレックスが言って、乗車賃を支払う。「レシートをもらえるかい？」

すでに照明がついている店で最初に目についたのは、角のコイン・ランドリーだった。六人の客が、カウンターに置かれた小さなテレビを囲んでいる。画面には黒い長衣を着た大柄な女性が映っていた。

アレックスがドアをあけて中に入る。「あれはパミールの母親かい？」だれにともなくたずねて、答えを待つ。

「そうだよ。いまベッド・バス・アンド・ビヨンドの外にいて、電話で息子と話しているんだ」だれかが言う。

弱い目でなんとか見ようと、ルースが小さな画面に近寄る。黒い長衣の女の輪郭はぼやけていて、しかも揺れている。たぶん、アッパー・イースト・サイド上空を旋回中の報道機関のヘリが、望遠レンズで撮っているのだろう。黒い長衣の女のぼやけた輪郭は揺れつづけていて、いっこうに定まらない。

「あの母親、もうどれくらい息子と話しているの？」ルースが訊く。

「この三十分、ずっと同じ映像を流してんだもの。パミールが本当に電話に出てるのかどうかだって、わかんないんだ。どうせ電話の内容は放送できないんだよね、あとで陪審員の判断を狂わせるかもしれないから」外国語訛りの女が、テレビに目を据えつつ洗濯物をたたみながら言う。

黒い長衣の女の映像が薄れて、代わりにバセット犬のような目のニュースキャスターの顔が画面いっぱいに現れる。「母親に電話で頼まれたら自分は外に出てくると答えた視聴者は、五十二パーセントでした。では、専門家のご意見をうかがってみましょう」

けさも出演していた、あの二重あごの犯罪心理学者のほうをニュースキャスターは向く。熱い照明に六時間もさらされていたせいか、犯罪心理学者の口紅は溶けかけているように見える。「そうですね、行動に踏み切ったのは母親のためなんだと、自分で心理操作をする自爆犯もなかにはいますね」

アレックスとルースは外に出て、また南の方角に歩きつづける。セント・マークス・プレイス通りの角まできたところで、いつも蝶《ちょう》ネクタイをしめた店主がカウンターにいるマガジン・ショップに、二人して飛びこむ。ラジオをつけているかどうか、知りたかったのだ。

「何か進展はあるかい？」アレックスが訊く。

「パミールのやつ、まだ母親との対話に応じないらしいね」

二人はそこから東の方角の自宅に向かう。シャツの腕まくり姿のラヒムおやじが、店のひらいた戸口でタバコを喫《す》っている。二人に気づくと笑みを浮かべ、タバコの火をそっともみ消してパッケージにもどす。また後で喫うつもりなのだ。

「最新の動きはどうなってる?」アレックスが訊く。

「犯罪心理学者の女の解説を聞きたいかい? それとも、うちの女房の見解のほうがいいかな? 犯罪心理学者の女の説明はこうさ——パミールが母親と話したがらないのは、彼がすでに異次元の世界に踏み込んでいるからだ。それで、母親の声を聞くとこっち側につれもどされるのじゃないかと、それを恐れているんだそうだ。うちの女房はね、パミールが母親と話したがらないのは自分のとった行動が恥ずかしくてたまらないせいだ、と見ている。女房には義理の親類がいるんだが、その連中はアフガニスタンの山岳部族の出身でね。女房に言わせると、その部族の連中は面倒なことは嫌うそうだよ。パミールはヤクの常習者だと、女房は見ている。きのうテレビに出ていたあのアホな女は、人質なんかじゃなくて、パミールにヤクを売っている売人だというのさ」

「あんたはどう見てるんだ?」

「パミールがベッド・バス・アンド・ビヨンドにたてこもる前は、爆弾はもちろん、どんな武器も持ってないと見ていたよ。しかし、いまやあいつにはあの店で売ってるステーキ用ナイフがあるし、人質もいるわけだよな。ところで、ミス・ドティの様子はどうだい？」

「あした、うちに帰ってこられるの」ルースが答える。


「まだマミーやダディが恋しい？」食事用のボウルを運んできたナースが訊く。それはドロシーが数日ぶりに目にする本格的な食事だった。同室の犬たちは吠えるのにも熱心だが、食べ物のにおいもすぐ嗅ぎとってしまう。メキシカン・ヘアレスのかん高い吠え声は、さらに一オクターヴ高くなる。パグのまん丸い黒い目は、ワンと吠えるたびに飛びだしそうになる。

　ドロシーはまだ気持ちがふさいでいて、あまり食べたくはないのだが、放っておけばこの食事は他の二匹にまわされてしまう。それはいやだった。ボウルの上にかがみこみ、黒い唇を反り返らせて、黄色い歯をむきだしにする。だが、その威嚇行為もあまり効き目がない。他の二匹はますます興奮して、自ら食欲をかきたてている。餌のにおいがいやがうえにも貪欲さをつのらせるらしい。

　他の犬たちにとられないように、ドロシーは無理して食べはじめる。すこしかじって嚙み、またすこしかじって嚙んでいるうちに、思いもしなかったことが起きる。他の犬たちのにおいがしなくなって、食事の肉のにおいしか感じられないのだ。他の犬たちのヒステリックな吠え声ももう聞こえず、自分が嚙む音だけしか耳に入らない。いま首を突っ込んでいるボウルがすべてで、他には何も目に映らない。あれほど会いたかったルースやアレックスの顔も、もう頭に浮かばない。いまは食べることだけがドロシーのすべてだった。

「パミールが人質を押しこめている場所がキッチン用品売り場だとしても、わたしは驚きませんね」アレックスとルースがコートを脱いでテレビをつけると、あの犯罪心理学者が言っている。「自爆犯のほとんどがターゲットにするのは、人々が食べ物を求めて集まる場所ですね——市場とかカフェとかレストラン。そもそも食べ物とは文化そのものであって、自爆犯が吹き飛ばしたがるのはまさしくわたしたちの文化なのです」

「他のチャンネルにまわしてみて」ルースが言う。

アレックスは次のチャンネルに切り替える。フォックス・ニュース。いつものルースなら絶対に見ないチャンネルなのだが、きょうは何も言わない。

「一つ有望な作戦があるとしたら、腕っこきのスナイパーを一人送り込むことでしょうな」お粗末な髪の染め方をしている退役大将が自信たっぷりに言う。「そのスナイパーを、パミールに気づかれずに各階をつなぐエアコンのダクトにもぐり込ませることができれば、一発で仕留められると思いますよ、人質たちを危険にさらさずにね」

「このチャンネルを、パミールがいま見てなければいいがな」アレックスが言う。

「あのお店では、テレビは売ってないでしょう」

アレックスは次のニュース・チャンネルに切り替える。

「あと四分もしないうちに東京の株式市場がひらきます」首筋のほっそりとした、シンガポール人の美人アナウンサーが視聴者に伝える。「世界の株式市場は、ニューヨークの非常事態に対して、どのような反応を示すでしょうか?」質問を受けたのは、でっぷりとした証券アナリスト。このアナリストが彼女にぞっこんなのは、見ていてすぐにわかる。

「あの不動産屋から電話があったかどうか、メッセージをチェックしてみるわ」ルースが言う。「わたしたち、どこにいるんだろう、と思ってるでしょうね、彼女」

「電話があったとしたら、こっちにプレッシャーをかけるのが狙いさ」寝室に向かう妻に、アレックスは声をかける。「こんなときに小切手を持ってくる人間がいるとは思っちゃいまい、彼女だって」

アレックスは立ちあがって、キッチンに向かう。きょうはブラン・マフィンしか口にしていない。冷蔵庫をあける——アイスバーグ・レタス、トマト、それにグレープフルーツ。何かしら、もっと元気が出るようなものを食べたい。冷凍庫をあけてみる——マッシュルーム・スープがあった! しかも、フェアウェイ製だ! カチカチに固くなっている容器をとりだし、電子レンジをあけてターンテーブルにのせてから、

〝強〟のボタンを押す。比較的大きな唸り音が鳴りはじめる。窓を覗くと、オルゴールの中のバレリーナのようにスープの容器が回転している。

「いま、どこにいらっしゃるんですか？　そちらの携帯にメッセージを残しておいたんですけど」留守電から再生されたあの不動産屋の事務的な、やや苛立たしげな声が言う。

二番目のメッセージを再生する。「売り主の方が気にしています。十分以内にこちらにお見えにならなかったら、入札をやり直してほしいとおっしゃってますが」

さて、どう答えようか。いま帰宅したところだと、本当のことを言おうか、それとも、いまそちらに向かっているところだと、真っ赤な嘘をつこうか。思案投げ首で受話器に手をのばすと、突然、呼び出し音が鳴る。電話に嚙みつかれたかのように、ルースは手を引っ込める。

「同額のオファーをされて、請願書で負けたお客さまから」留守電に録音されつつある声が言う。「たったいま電話があって、再度のオファーを真剣に考えているそうです。大至急ご連絡ください」

もしあの不動産屋が、もう一人のお客さんも依然として興味を示している、ぐらいのことを言ったのだったら、ルースは信じていただろう。だが、アレックスの言ったとおりだった。こういうときに再度オファーをし直す人間などいないはずだ。すこし考えてから、ルースはあの不動産屋に電話を入れる。「わたしたち、まだ動物病院にいるの。ここに足止めされているので。外に出るのは危険すぎると、警察は言うし。パミールがたてこもっているベッド・バス・アンド・ビヨンドのお店がすぐそばなのよ。ここはレッド・ゾーンになっているの」

ルースが本当に不動産屋に言いたかったのは、こうだった――〝わたしたち、まだ雌牛を売ってないの。脅しには乗らないわ〟。

ルースがキッチンに入ると、ちょうど電子レンジの中のスープがダンスを終えたところだった。

「だれからだった？」アレックスが訊く。

「あなたの言うとおりだった。あの不動産屋、わたしたちを煽《あお》ろうとしているだけね」

食器棚からスープ皿を二つとりだして、おたまを探す。リビングでは、迫力のある〝ニュース速報〟のテーマ音楽がテレビから流れはじめる。それはまるでアレックスを召集するラッパの響きのようにも聞こえる。アレックスは急いでソファの定位置にもどる。威勢のいいテーマ音楽とは裏腹に、画面は静止しているようにほとんど動きがない。無気味に静まり返った一番街のロングショットは、おそらくビルの屋上から撮られているのだろう。閑散とした街路を背に小さく映っているのはパミールの母親で、いまはヘルメットをかぶった警官たちに護衛されている。黒い長衣の女と彼女を取り囲む警官たちはごくゆっくりと、這うように大通りを進んでゆく。まるで、九対の足を持つ黒い昆虫みたいだな、とアレックスは思う。

「パミールは母親と話す気になったのかしら?」スープ皿を両手にルースが訊き、夫の隣りに腰をおろす。

「母親はパミールと二人だけで話したいんだろうな。で、警官たちが彼女をパミールのところにつれていこうとしているんだろう」アレックスは熱いスープ皿を受けとり、スプーンでスープをかきまぜる。パミールの母親は、ベッド・バス・アンド・ビヨンドの店先からまだ優に五百メートルは離れているのだが、店の窓の内側でいくつかの影が動いているのをアレックスは見てとる。陸軍時代、アレックスの任務はスナイパーが狙うターゲットを見つけることだった。

「息子に投降を勧める気なのかしらね、母親は?」

「だからこそ、会おうとしているんだろうからね」

九対の足が突然止まる。警官たちが盾をかかげて、鋼鉄の甲羅のように黒い長衣の女を守ろうとする。テレビ画面の下部に、テロップが流れる――〝警官たちの盾は、秒速一・五キロで飛来する物体にも耐えられるようにできています。この物体が盾に激突するときのショックは、四台の蒸気機関車が指先大の場所に落下するときのショックに等しいと言われています〟。

「何を待ってるの、あの連中？」

「あそこで、パミールをおびき出そうとしてるんだろう」

アレックスはスープを一口すする。スプーンが口に触れる前から、まだ熱すぎるな、と思ったのだが、そのまますすってしまう。案の定、舌が火傷《やけど》してしまったが、目はテレビの画面から離れない。窓ガラスの背後で何かが起きているのだ。いくつかの影が一つに固まろうとしている。パミールが、人質たちを一か所に集めているのだろう。

電話が鳴る。テレビ画面の、一枚の切手並みの大きさの窓に目を据えたまま、アレックスは受話器に手をのばす。が、その手を、ルースが押さえつける。

「あの不動産屋だったら、どうするの？」

「おまえが彼女に言ったことを伝えるさ。われわれをそう煽らないでくれ、とね。外に安全に出られるようになりしだい、手付け金を持っていくから、と」

「わたしたちはまだ動物病院にいるんだ、って言っておいたんだけど、わたし。閉じ込められているも同然なんだ、って」

「なんでそんな嘘をついたんだ？」

留守番電話が作動して、相手の声を受けはじめる。ルースはそれを傍受しようと寝室に向かう。アレックスはソファにすわったまま、テレビ画面に目を凝らす。店内で一つにまとまった影が、やはりたくさんの足を動かして、じりじりと店の入口に近寄っているように見える。

「わたしたちね、いま海べりの別荘にいるんだけど」留守番電話から声が流れる。「マンハッタンから離れよう、とルドルフが言うものだから」

ルースは受話器をとりあげる。

「あなただったのね、メイ」

「ドロシーの具合はどうなの？」

「もう動けるようになったわ。明日にはうちに帰ってこられるの」

「それはよかったこと。これでひと安心でしょう、あなたもアレックスも」

「ええ、それはもう」

「で、例の事件はどうなってるの？　ここのテレビは映らないのよ。屋根に二メートルも雪がつもっちゃって。いまルドルフが梯子《はしご》にのぼって、電線の修理をしているところ。こんなことなら街に残って、それこそベッド・バス・アンド・ビヨンドでショッピングしてたほうが安全だったんじゃない、ってルドルフに言ってやったんだけど」
「いま、パミールがね、投降しようとしているみたい。母親が店の外まできている
の」
「ルドルフ！」メイの叫ぶ声が伝わってくる。「梯子から降りて、もう一つの子機を
とりなさいな。いまルースと話しているんだけど、パミールが投降寸前なんですっ
て！」
ルースはコードレスの受話器を持ってリビングに移る。
「あの不動産屋かい？」アレックスが訊く。
「メイなの。別荘のテレビが映らないんだって」
ルースは夫の隣りに腰をおろして、眼鏡の位置を直す。それから、電話の向こうの
メイに向かって、「まだ膠着《こうちゃく》状態だわ。パミールの母親と警官たち、道路の真ん中か
ら動いてないから」
「あの窓を見てごらん」アレックスがテレビの画面を指さす。
映像はがらんとした一番街のロングショット。周辺の窓は無数にある。
「どの窓？」
「ベッド・バス・アンド・ビヨンドの看板の真下」
ルースの目にも、窓の内側の影が見える。「店の中で、動きがあるみたい」メイに

伝える。

影はゆっくり窓から離れたと思うと、こんどは入口のドアの背後に現れる。

「人質をつれて出てくるみたいよ、パミールが」ルースはメイに伝える。

「さもなきゃ、人質と母親を交換しようとしているのかもな」アレックスは言って、リビングの子機をとりあげる。

「何と何の交換だって？」ルドルフのほうでも子機をとりあげたらしい。

そのとき、人質たちらしい影の映っていた窓が、突然、炸裂したかに見える。爆発したんだ、とルースは思い込む。「あっ、大変」思わず叫んでしまってから、ガラスが炸裂したと見えたのは、自動ドアがひらいた瞬間だったのだとわかる。

「どうしたい、やつが自爆したのかい？」ルドルフが問いかける。

「まあ、神さま」と、メイ。

「ちがうの、ちがうの、わたしの思いちがい」

まとまった影が外の路上に出てくる。いまはルースにも個別の人間が見分けられる。怯えきった人間の盾は十人いた。

「人質が出てきたわ」ルースはメイとルドルフに伝える。「でも、パミールが背後に隠れているのか、まだ店内に残っているのか、ちょっとわからないわね」

「ニュースキャスターはどう言ってるの？」メイがたずねる。

「いまは珍しく黙ってるわ」

「彼もわからないんだろう、おれたち同様に」アレックスが言う。

「だからって、あいつが黙ってたことがあったかい、これまで?」とルドルフ。

メイもルドルフもテレビを見ているかのように、アレックスは画面を指さす。「ほら、パミールは先頭の二人の女性の背後にいるぞ。あの女性たち、ひもでつながれているみたいにぎくしゃくと歩いているじゃないか」

「母親はどこにいるの?」と、メイ。

「なぜさっさと射ち殺してしまわないんだ?」ルドルフが言う。

人質たちは、店を出たところでしゃちほこばって立ち止まる。パミールはその背後にいる。人質たちの引きつった顔が正面を向く。みな身じろぎひとつしない。重心を別の足に移し変える者すらいない。そのうち、こわばった彼らの顔の背後から一本の手が突きだされて、白いバスタオルを振る。

「降伏してるんだわ!」ルースが息を呑む。てっきり警官たちがいっせいに駆け寄って人質たちを解放するのだろうと思ったのだが、何の動きもない。「どうしてだれも動かないの?」

「何もせんのかい、警官たちは?」ルドルフが訊く。

「爆弾を持ってるかもしれないからね、パミールは」アレックスが答える。

「ああ、神さま」メイが呟く。

すると、人質たちの頭上に二本目の手があがる。

「パミールが両手をあげています」ニュースキャスターが言う。視聴者には見えていないと思っているかのように。

「何と言ったんだい、ニュースキャスターは？」ルドルフが訊く。

「パミールが両手をあげた。投降するつもりなんだよ」アレックスが答える。

「ということは、ボタンを押す気はないんだわね？」と、メイ。

「何のボタンだ？」ルドルフが言う。

突然、パミールを囲んでいた人質たちの殻が破れて、必死の形相の男女がつまずきそうになりながらヘルメットの警官たちのほうに走り寄る。警官たちも彼らを守ろうと待ちかまえている。

「いま、人質たちが逃げだしたよ」アレックスがメイとルドルフに教える。

歩道にはパミールがただ一人残される。両手をあげたままひざまずくと、彼はタオルを手放す。ルースはタオルから目を離せない。薄汚れた歩道にひざまずく男のわきに放置されたタオルは、まばゆいくらいに真っ白い。パミールは周囲を見まわす。母親を探しているのだろうと、ルースは察しをつける。テレビ画面の下の隅に犬が一頭見える。ベルジャン・シェパードだ。ハンドラーらしい戦闘服姿の小柄な女性のわきに、辛抱強くすわっている。次の瞬間、ハンドラーがリードをはずすと、シェパードは弾かれたように走りだし、警官の盾に守られた人質たちのわきをかすめてパミールに駆け寄る。恐れを知らぬ好奇心と容赦ない義務感に駆られて、シェパードはパミールの周囲をくるくるまわり、彼のコートの裏を、ポケットの中を、袖まわりを、股の周囲をくんくんと嗅ぎまわる。

「この、イスラエルで訓練されたK９爆発物探知犬は、二十種類の異なる爆発物を嗅ぎ分けることができるのです」と、ニュースキャスターがしたり顔でコメントする。

「イスラエルがどうだって？」テレビの音声が伝わるのか、ルドルフが訊いてくる。

仕事を終えたシェパードは、パミールの隣りにスフィンクスのように正座している。

「爆弾は見つかったの？」メイが訊く。

「それはわからないの。犬はただじっとすわってるから」ルースが答える。

「犬がどうだって？」と、ルドルフ。

「パミールが本当に爆弾を持ってたのなら、もうとっくにハンドラーが犬を呼び返していたはずだよ」アレックスが言う。

「K９爆発物探知犬の成功率は九十六パーセントです」ニュースキャスターがコメントする。

「残りの四パーセントは何を意味するのかしら？」ルースが訊く。

テレビ画面の下部には黒っぽい装甲備品が積み重ねられていて、まるで下から上に画面が暗転しつつあるかのように見える。ルースには機械と人間の区別がつかない。パミールは依然ひざまずいたままだが、周囲にはだれもいない。

シェパードはどこにいったんだろう、とルースは思う。

拡声器から声が流れはじめる。が、何を言っているのか聞きとれないまま声が割れ、ビルの壁が谺《こだま》を跳ね返す。パミールが両手を下ろして、パーカの前をひらこうとしはじめる。裾が膝まで届きそうな、フードつきの、だぶだぶのパーカだ。パミールはジッパーを下ろそうとしているらしい。が、何かに引っかかっているのか、なかなか下ろせない。相当慌てているのがわかる。空中でひらかないパラシュートのリップコードを、死に物狂いで引っ張ろうとするように、パミールはジッパーを引っ張っている。映像自体がスロウモーションなのか、自分の頭の回転がスロウなのか、いずれにしろ、パミールは永遠にジッパーと格闘しているように、ルースの目には映る。

そのうち、パミールの周囲に白いものがふわふわと乱舞しはじめた。それが地面に落ち切ったとき、パミールが力任せにパーカを引き裂いたのだとわかる。なんとしてでもパーカを脱ぎ捨てたかったのだろう。白いものはパーカにつまっていた羽毛だった。パミールは頭からパーカを脱ぐ。一個の爆弾も体に巻きつけられていないことは、ルースにも見てとれた。拡声器がまた咆哮《ほうこう》し、パミールはパーカを路上に投げ捨てる。

それからセーターを脱ぎ、シャツも脱いで、パーカの上に放り投げる。Tシャツ一枚になったパミールは、ゆっくりと立ちあがってスニーカーと靴下を脱ぎ、やはり路上に投げ捨てる。「ズボンもだ」拡声器ががなる。パミールはズボンのベルトを引き抜き、ジッパーを下ろして、ズボンを脱ぐ。そして、震えながらそれを素足で蹴り飛ばす。最後にTシャツまで脱いで両手をあげるのだが、拡声器はまだ満足しない。大音響で絶え間なく指示を下し、パミールはとうとう素っ裸になって地面にうつ伏せになる。慌てたテレビ局は、ワセリンを塗りたくったような画面処理を急遽《きゅうきょ》施して、パミールの臀部《でんぶ》を隠す。

廊下のほうから、人間の歓呼の声や口笛、盛大な拍手喝采の音などが響いてきて、ドロシーの耳にも伝わる。

「どうだい、ワンコたちは静かだろう？」

受け持ちの犬をチェックしにやってきたナースに向かって、用務員が言う。「一分前に、ぴたっと吠え声が止んだんだ。パミールが投降することを、ワンコたちはだれよりも先に勘づいてたんだな」

「こうなると、次はベッド・バス・アンド・ビヨンドの特売セールに期待ね」ナースは言って、急にしゃっくりの発作にとりつかれたメキシカン・ヘアレスのケージを覗き込む。人間たちの大歓声にも押しつぶされずに、背後のケージからかん高い喘息《ぜんそく》の発作がはじまった気配がドロシーの耳に伝わる。玩具のゴムのホットドッグに、ドロシーが嚙みついたときに出るような音だった。

ナースがそのケージに手を突っ込んで、メキシカン・ヘアレスを元気づける。「三十分たってもしゃっくりがおさまらなかったら、ラッシュ先生を呼んでよね」

パグのケージの前でもナースは立ちどまる。瞑想《めいそう》中の仏陀《ぶっだ》のように半眼ですわっているパグの顔は、滑稽なようで、異次元の世界に遊んでいるようにも見える。「この子、ようやくいろんな苦労から解放されたんだね」

ナースはドロシーの様子もチェックする。ドロシーは夢中で尻尾を振りまわす。世間がようやく落ち着いたらしいので、ルースとアレックスがもどってきてくれるだろうと、期待しているのだ。

「ほら、嬉しそうだろう、この子」用務員が言う。「事件が解決したのがにおいでわかるんだよな、ドロシー?」

「だから、はじめっから言っただろうが、パミールは爆弾など持っちゃいないと」ルドルフが言う。

「負傷者が一人も出なくて、よかったこと」とメイ。

「結局、何者なんだろうね、パミールって男は？」アレックスが言う。

「要するに、頭のいかれたやつなんだよ」ルドルフが応じる。

「テロリストよりは、頭のいかれたやつのほうがマシだね」

「そりゃないだろう。じゃ、テロリストではなく頭のいかれた男がミッドタウン・トンネルの壁にタンクローリーをぶつけたことに、感謝しろってのかい？」

「絶対そうだわよ！　あなたも感謝しなさい！」メイが熱っぽく言う。

メイがわかってないことを、ルースはわかっている。二人の男の舌戦は、だれも死なずに良かったということをユダヤ流の機智《きち》で確認し合う儀式のようなものなのだ。この、心を許しあった者同士の掛け合いに自分も加わりたい、とルースは思う。またみんなで新しい一日を生きられるということを、愛する人たちと共に祝いたいと思う。だが、ルースの頭には、リリーのあのご託宣がつきまとっている――〝仮にパミールがテロリストではなく、ちょっと頭のおかしい人だったということがわかった場合、売り主はなんだかんだと口実をかまえて、契約を破棄しようとするかもしれませんからね〟。

「ごめんなさい、これからちょっと出かけないと」ルースは口をはさむ。

「だけどあなた、いま外出しても本当に安全なの？」メイが訊いてくる。

「実はね、格好のアパートメントを見つけたのよ。で、わたしたちのオファーが勝ったんだけど、そのときはまだパミールが逃亡中だったから、手付け金も払わなかったの」

「こんなことがあっても、やっぱりマンハッタンの物件を買いたいの？　いまはあまり性急に立ちまわらないほうがいいんじゃない？」

「だけどおまえ、結果的には人騒がせな茶番だったんだ。不動産を買ったってかまわんだろうが」ルドルフが言う。

「でも、人騒がせな茶番であろうとなかろうと、わたしたちの健康を損なう点では同じですよ」

「で、おたくたちの、いま住んでるアパートメントにはいくらの値段がついたんだい？」

「九十五万ドルなんだ」アレックスが答える。

「これから買おうってアパートメントの言い値は？」

「百十万ドル」

「じゃあ、急いだほうがいいな、売り主の気持ちが変わらんうちに」

アレックスがコートを着ているあいだに、ルースはあの不動産屋の女性に電話をかける。いまそちらに向かっているところです、と言うつもりだった。「ねえ、テレビを消して」リビングのアレックスに声をかける。「わたしたち、動物病院にいることになってるんだから」


ルースはとっとと早足でセント・マークス・プレイス通りを歩いてゆく。アレックスは玄関前の階段で足を止めて、いったん周囲を見まわす。といって、どんな光景を予期していたのか、自分でもわからない――抱き合って喜んでいる隣人たち？　満面の笑みを浮かべている歩行者の群れ？　窓をあけて呼び交わしている人々？　世界大戦が終わったとき、あるいはワールド・シリーズで勝利したときの街角の光景？――だが、日曜の午後ということを差し引いても、アヴェニューAは驚くほど静まり返っている。最近はみんな、テレビの前で祝うのだろう。

ルースはもう〈サハラ〉の前を通りすぎようとしている。妻に置いていかれまいとして、慌ててアレックスは後を追いかける。ラヒムおやじが、まるで客のようにたった一人、テーブルについている。ひと昔前の紳士のように膝を組み、ポケットにしまっておいたタバコの吸いさしにまた火をつけている。まさしくこういうお祝いのために、とっておいたタバコなのだろう。アレックスは手を振って、急ぎ足で前を通りすぎる。

一番街の角にさしかかったとき、〈ルルのネイル〉の店先で、プラチナ・ブロンドのコリアンのネイリストが携帯で話しているのが目に入る。アレックスが微笑《わら》いかけると、彼女も笑みを返してくる。セント・マークス・プレイス通りを進んでいる途中、自転車をこぎながら携帯でダイヤルしている中国人の宅配係が、危うく二人に突っこんできそうになる。二番街を急いで下りながらアレックスは気づいたのだが、すれちがう車のどのドライヴァーも例外なく独り言をいっているように見える。

「いま、ニューヨーク市民はみんな携帯で話しているんだな」

「独りで祝いたくはないんじゃない、だれもが」

不動産屋の名刺はもう居住者の部屋番号に貼りつけられていない。だが、目指す部屋の番号はもうルースの頭に刻みつけられている。インターホンの番号を押して、耳をすまし、また番号を押す。「もしもし？　どなたかいらっしゃいます？　夫と二人で手付け金を持ってきたんですけど！」

何の反応もない。

「その部屋に間違いないのかい？」アレックスが訊く。

「ええ、絶対に」ルースは答えて、また呼びかける。「もしもし！　どなたかいません？　そちらで不動産屋さんと落ち合うことになっているんです」

インターホンの喉の奥で、微かな息遣いが聞こえるような気がする。スピーカーは沈黙しているが、死んではいない。「ほら、聞こえるでしょ？」アレックスにささやく。アレックスは戸惑った顔をしている。ルースはまた、インターホンの奥で聞こえるくぐもった息遣いに耳を傾ける。「だれかがいるのよ、アレックス、間違いないわ」

こんどはアレックスがルースに代わってインターホンに挑む。ボタンを二度押して、そのままずっと押しつづける。

「もしもし！　もしもし！　そちらのアパートメントを買いにきた者なんだがね」

「ええ、わかってるわよ」とうとう、インターホンが答える。冷ややかで、明瞭な、女の声だった。「不動産屋はまだきてないの。そこで待ってたら」

インターホンは切れてしまった。

「どうして入れてくれないんだろう？　別の購入希望者がきてるのかしら？　不動産屋に電話してみるわ」ルースがハンドバッグをひらきかける。

「ちょっと待った。だれかがやってくるぞ」

てくる。その背後から、ずっとゆったりとした歩調で、飼い主が携帯で話しながら近づいてくる。彼は話に夢中で、ひらいた扉を通り抜ける際、背後にぴたりとルースとアレックスがくっついていたのにも気がつかない。「ありがとうございました！」無事玄関ロビーに入り込むと、遠ざかる男の背中に向かってルースは叫ぶ。ここの住人たちに受け容れてもらうのは、これからだ。

二人はエレベーターで六階まであがる。アレックスがドアをノックする音が、まるでハンマーで叩くように、静かな廊下に響きわたる。ドアの覗き穴に明かりがさしたものの、ドア・ノブはまわらない。アレックスは一度大きくノックして、自分たちは諦めないという意思を伝える。

「わたしが代わる」ルースがささやいて、覗き穴に向かい合う。写真を撮られているときのように、にっこりと笑った。「こんにちは」ドアなどないつもりで、ありったけの愛嬌《あいきょう》をこめて語りかける。「こちらの住人の、フォックス・テリアをつれた方に入れていただきました。よろしかったでしょうか。お願いですから、ドアをあけていただけません？」

ドアがゆっくりとひらく。背の高い、ひと目で身重だとわかる中年の女が、険しい顔で前に立ちふさがる。「ずいぶんとご都合のいいときに見えたもんね」

その顔に、ルースは見覚えがない。ルースの家のオープン・ルームにきていなかったのはたしかだ。

「やっと見えたわよ、あなた」女はリビングにいる夫のほうに声をかける。

アレックスは――そこで閉めだしをくらわないように――手の指をヒトデのようにひらいてドアを押さえつける。

「あのぅ、中で待たせていただけません？」ルースが頼み込む。逆光を浴びた身重の体はぴくりとも動かない。「もっと早くきたかったんですけど、動物病院から出るのを警察に制止されたものですから。あのベッド・バス・アンド・ビヨンドがすぐ近くだったんです。うちで飼っている犬が入院中で、その子に会いにいってたんですけど。あの不動産屋さんからお聞きになっていません？」

「そんな作り話はおやめになったら。わたしたち、その病院に電話したのよ。犬なんて飼ってないんでしょう、ましてや病気の犬なんか」

「いいえェ、飼ってますとも。ドロシーというダックスフントで、背中の手術を受けたんです」

「病院の受付係とも話したんだ」リビングのほうから、女の夫が叫ぶ。「警察の封鎖の話なんて聞いてないと言ってたぞ」

「とても大きな病院ですから」ルースは反駁《はんばく》した。「わたしたちは手術病棟にいたんです。その受付係は別の病棟にいたんじゃないかしら」

エレベーターのドアがひらいて、あの不動産屋の女性がブリーフケースを手に出てくる。「ごめんなさい。パミールが逃亡中のときより渋滞がひどくて。だいぶお待たせしちゃったかしら」

「小切手を持参したんですがね」アレックスが言う。

「それは結構。じゃあ、さっそく本題に入りましょう」身重の女の前を大股に通りすぎて、中に入ってゆく。すかさずルースとアレックスも後にしたがう。あの窓下のベンチが目に入ると、いけないと思いつつも、ついルースはにんまりとしてしまう。

この家の当主は五十年配の華奢《きゃしゃ》な体格の男で、赤いカーディガンを着ていた。不動産屋に紹介されて、アレックスやルースが手を差しのべても、握ろうとしない。アレックスは財布をひらいて、小切手をとりだす。

「われわれが手付け金の受け取りを拒んだら、どうなるんだい？」この家の当主が不動産屋の女性にたずねる。

「この人たちときたら、いままでずっとあたしたちを人質にしてたんですからね」身重の妻が口を添える。「パミールの件が解決したもんだから、慌ててやってきたんだわ」

「入札をやり直すことはできないんだろうか？」

「この人たち、動物病院にいたなんて、嘘ばっかり。ちゃんと証明できるわ」

言いつのる二人を、不動産屋の女性が遮る。「あなた方はみんな、入札のルールを守る契約書に署名されてるんです。ここでそれを破棄したら、裁判所に持ち込まれますよ。そうなった場合、審議は通例何か月もつづきますからね。結局は双方とも敗北して、弁護士だけが勝者になるということにもなりかねません。それでもよろしいんですか?」双方の顔を見守ってからブリーフケースをひらいて、書類をとりだす。〝手付け金契約承認書〟と、彼女の会社〝シティ・クリブズ〟の名入りのペン。

ルースはろくに書類を読みもせずに、かつて生徒たちのレポートにサインしていたときの流麗な筆致で署名し、ペンをアレックスにまわす。アレックスは自分の絵にサインするかのように晴れ晴れと署名して、ペンをこの家の当主に手渡す。当主は書類を丹念に読み通し、みんな嘘っぱちだと言わんばかりに頭を振ってから、虚偽の自供書にサインするように署名して、ペンを妻の前に差しだす。妻は、この裏切り者とでも言いたげな顔で夫を見やり、彼の死刑執行令状にサインするような顔で署名する。

「ご出産はいつ頃なんですか?」耐えがたい緊張をすこしでも和らげたくて、ルースは訊く。「男の子、それとも女の子?」

「双子よ」ぶすっとした顔で女は答える。

エレベーターを待つあいだ、あのカップルの怒りがドレスにまとわりつく異臭のように宙に漂っているのをルースは感じる。

「病気の犬なんてでっちあげだとか、よく言えたものよね？」

「おまえはそもそも、いま病院にいるだなんて、どうして言ったんだい？　危うくあのアパートメントを失うところだったじゃないか」

「ごめんなさい」

エレベーターの中で、ルースは夫の冷たい手をとる。「ごめんなさい、本当に。あいう状況だったから、まさかあの人たちが病院に電話するとは思わなかったのよ」

「でも、病院には電話してないだろうな、実際には」

「本当？」

エレベーターのドアがロビーでひらくと、フォックス・テリアが二人を見あげる。ルースはかがみこんで、頭を撫でてやる。「名前は何て言うんですか？」飼い主に訊いた。

「ガース」

「わたしたち、ここに越してくるんです。犬も飼っていて、ドロシーという名のダックスフントなんですけど」

「ガースは、小さな犬を見ると攻撃的になるんでね。引き合せるときは中立地帯を選んだほうがいいな」

「それはいいわね。うちのドロシーは人間より犬を怖がるところがありますから」

　もうガースを撫でるのは止めて、迷惑顔の飼い主を解放してやったほうがいいと思うのだが、ガースの毛を撫でているとすごく気持ちがなごむのだ。さっき、あの身重の奥さんがサインしてくれるまでは、てっきり、自分の言わずもがなの嘘のおかげであのアパートメントを逃してしまったと、ルースは思い込んでいたのである。

　二人は墓地の塀際に立って、墓石を背に、自分たちの新しい住まいを見あげる。

「ねえ、どうやってお祝いをする？」ルースが訊く。「どこかで飲みたくない？　新しいワインバーでも試してみる？」

「どうかな」

「じゃ、メイが言っていたバヴァリア風のケーキ屋さんなんかはどうお？」

「いや、気が進まないな」

「じゃあ、どこならいいの？」

「わが家さ。わが家でひと眠りして、お祝いしたいね」

「そうか、ひと眠りするのもいいわね、何かと気を使ったから」

　アレックスとペースを合わせて階段をのぼりながら、ルースはたずねる。「あの人たち、本当に病院には電話してないと思う？」

「ああ、おれたち同様、テレビにかじりついていたにきまってるさ。病院になんぞ、電話してないよ」

「じゃあ、なぜあんなに怒ってたの？」

「そりゃ、あの連中の最初の希望額では売れなかったからだろう」

わが家に着くと同時に、ルースは留守番電話をチェックする。「リリーからの電話はないわね。これって、悪いニュースかしら？」

まだ四時半なのに、二人の東向きの寝室は薄闇に包まれている。ルースは電気をつけ、ソックスと靴、セーターとスカートを脱ぎ、ブラジャーもとって寝具の下にすべり込む。隣りでアレックスが、服を着たまま靴だけ脱いで、寝具の上にながながと横たわる。そしてたちまち眠りこんでしまったが、ルースはなかなか寝つけない。いまは沈みゆく太陽の光を六十ワットの電球が奪いとって、窓ガラスが鏡に変わってしまう時間だ。

自分はどうしてあのとき、いま動物病院にいるなどと嘘をついてしまったのだろう？『チェーホフ傑作集』に手をのばして、朝からずっと頭にのしかかっていた短編のページをひらく。「クリスマス週間」。どうしてこの短編がこんなに気にかかるのか見定めたいと思って、もう一度読み直す——手紙の代筆を頼みに出かける老いた農婦、途方にくれながらの娘への手紙の口述、そして、おじいさんが病気をしがちで、小麦粉は底をつき、雌牛も売り払ったことまでは書けなかったことを悔やむ農婦。しかし、仮に農婦が真実を語ったとしても、たいして違いはなかったのだ。なぜなら、娘は娘で居丈高な夫に何も言えず、三人の子供を抱えて、両親よりもっとつらい暮らしを強いられていたのだから。そこに、チェーホフの皮肉がきいている。

ルースは本を閉じて、明かりを消す。仮に本当のことを言っていたところで、得をすることはあったのだろうか？

「いつ死んだの？」メキシカン・ヘアレスの死体を見下ろして、ナースが訊く。死体はドロシーのケージの前の金属製のテーブルに横たえられている。

「ついさっきまでしゃっくりをしていたと思ったら、次の瞬間、死んでたんだ」医学生が答える。「ラッシュ先生と二人でなんとか蘇生させようとしたんだけども、だめだったね」

「あの異常な興奮状態がたたって死んだんじゃないか、その子は」用務員が診断を下す。

「可哀そうに」

「おたくのワンコが死んだってこと、飼い主さんにはどう伝えればいいのかな？」壁の受話器をとりあげながら、医学生が訊く。「こういう電話って、初めてなんだよ」

「事実をありのままに伝えればいいのよ」

「もしもし、こちら、動物病院です。まことにお気の毒ですが、ルピタが亡くなりました……死因ははっきりしないんですが、なんらかの病原菌が血流に入り込んで、心臓が停止したんだと思われます……ええ、そうですね、あのテロ騒ぎも動物たちに影響を及ぼしていましたから、それとの関連もあるかもしれません」

「だからさ、あの異常な興奮状態がたたったんだってば」用務員がナースにささやく。

「はい」虚ろな目をうるませて、医学生が言う。「たしかにルピタは、きょうの騒動の本当の犠牲者だったかもしれません」受話器を置いて、「かなりのショックだったみたいだ。裏庭に埋葬してやりたいので、明日、息子の車でヨンカースから遺体を引きとりにくるとさ」

「じゃあ、遺体をきれいに洗って、安置室に連絡しておくからね」ナースが言って、医学生の肩を叩く。彼女は慣れた手つきで死体を横向きにする。感情のない目がまっすぐドロシーを見つめたが、ナースが優しく目を閉じてやる。白衣のポケットからティッシューをとりだすと、不運な犬のピンク色の唇から泡を拭きとってやる。すでに死後硬直がはじまっていて、犬の顔には奇妙な笑みが貼りついている。ナースは点滴の管もとりはずし、半分からになった壜を処置する。それから引出しをあけると、ドロシーが日頃トイレとして使っている〝ウィー・ウィー〟ブランドの四角い清潔なペットシーツをとりだす。死体はそれで包み隠された。けれども、ドロシーにはわかっていた。そのウィー・ウィー・パッドの下に何が横たわっているのか、わかっていた。

日曜日の晩

若さの泉

「目撃者たちは、パミールがパーカの下に爆弾を隠し持っているのを見た、と断言しています」夜のニュースキャスターで、フェレットのような顔をした若白髪の男が言う。「爆弾装置の種類、ダイナマイトの本数や起爆装置の色に至るまで、何十人もの人々の証言が一致しているのです。ところが、いまになって、パミールは爆弾など持っていなかった、と市長は証言。となると、目撃者たちはいわば集団幻想に陥っていたのでしょうか？」そこでニュースキャスターは、今夜のゲスト、『集団ヒステリー』の著者〝という触れ込みの、風になびいているようなヘアスタイルの、きつい表情をした痩せた女性に質問をふる。「いったい、目撃者たちが見たものは何だったのでしょうか？」

「これはね、目撃者シンドロームという一種の病気なんですね」

「いずれ連中は、その病気の特効薬もひねりだすんだろうよ」アレックスが言う。

彼とルースはソファにすわって、出前を頼んだ中華料理が届くのを待っているところだった。実は先刻リリーから電話があって、二人はうたた寝からさめたのだった。

今夜は新たなオファーがありそうだから電話番をしていたほうがいい、とリリーに言われたのである。

ルースは真面目に聞いてはいなかった。そのときは頭の中で、未来のリビングの家具の配置をああでもない、こうでもないと考えていたのだ。次いで脳裏には、自分と夫がいまみたいにそのリビングで寛《くつろ》いでいる図が浮かんだ。二人の目はテレビではなく、書棚に注がれている。床から天井まで、アルファベット順に並ぶ書物の背文字まで、ルースは見えるような気がした。彼女にとって、自分の書物の落ち着き先を探すことは、アレックスにとって自作の絵を展示してくれる画廊を探すのと同じくらい重要なことだった。

「今夜のニュースの目玉が〝目撃者シンドローム〟程度なら――」アレックスが言う。「事態は正常にもどったんだろう。パニックはおさまり、不動産の価格も暴落を免れる。ひょっとすると、こちらの最初の希望価格が通るかもしれないな」

「わたしは、九十五万ドルで売れてくれれば、それでもう満足なんだけど」

ルースはまた夢想――であれ、なんであれ、とにかく脳裏を占めていたもの――に、もどろうとする。だが、アレックスの一言で気が散ってしまったため、浮かぶイメージも変わってしまった。二人が書棚を見ているところは同じなのだが、まだ見慣れないリビングの古風な格子柄のソファに腰かけている二人は、すっかり歳をとってしまっている。おそらく、二人のどちらかは遠からずこの世に独りとり残されて、そのソファにすわることになるのだろう。なぜかといえば、所詮、エレベーターをもってしても万能の若さの泉にはなり得ないのだから。

「コマーシャルの後は」ニュースキャスターが言う。「今夜の世論調査、〝メディアは暴走したのか？〟の結果をお伝えします。さらにつづけて、パミールがリハビリセンターで知り合ったガールフレンド、デビー・トゥイッチェルの独占インタヴューをお送りしますので、チャンネルはそのままで」

「結局、ラヒムのおかみさんの見方が最初から当たっていたわけだ」アレックスが言う。「あの〝更生女〟はパミールの人質なんかじゃなく、恋人だったんだな」

ブザーが鳴る。

「出前が届いたんだわ」

アレックスが財布をとりだそうと寝室に向かい、ルースはインターホンに出る。会話のボタンを押して、「もしもし」と声をかける。そのまま耳をすますと、路上で響いているラジカセの音しか聞こえない。どうやら郊外のティーンエイジャーたちがもどってきたらしい。「うちは五階よ」と配達人に叫んでから、玄関扉をあけるボタンを押す。そして、わが家のドアをあける前に覗き穴を覗くと――最初は二人の女性――小柄な女性と長身の女性――がだれだかわからなかったが、ハロルドの姿は見間違いようがない。きょうは真紅のヴェストを着ていて、それが魚眼レンズで映しだされた廊下で強烈に目立っている。

　ドアをあけながらルースは思う――ハロルドは昨日みたいにさっと飛び込んできて、ドロシーの玩具に噛みつくだろうな。ところが、きょうのハロルドは別の犬のようだった――沈着冷静で、赤いヴェストに身を包んだ生真面目な若き紳士、といったところ。赤いヴェストには、〝訓練中の盲導犬〟と書いてある。

「突然おうかがいして、ご迷惑でなければいいんですけど。公園でハロルドの訓練をしていたんですが――」うっとりとした目の、小柄なほうの女性が言う。

「新しいオファーをしたくて、うかがいました」やや権高《けんだか》な感じの、長身の女性が後を引きとる。

　財布を手に寝室から出てきたアレックスが、声をかける。

「まあ、お入りなさい」

「何か飲み物でも？」ルースが訊く。「ハロルドは水を飲みたいかしら？」

「いえ、どうぞおかまいなく」口ではそう言っても、その実、小柄な女性が中に入れてもらいたくてウズウズしていることは、ルースにも見てとれた。

「これが、あたしたちのオファーの額です」長身の女性が言って、封筒を差しだす。

「もう一度、封入入札にしていただけると嬉しいんですが」

「その点は家内とも相談したんだが、封入入札はなしでいきたいんだ」

「いまのところ、それがあたしたちに出せるギリギリの額なんです」小柄なほうの女性が、すがりつくようにルースを見あげる。

アレックスが封筒を受けとる。

「ハロルドを撫でてもいいかしら?」

「ヴェストを着ているあいだは、お断りしています」長身の女性が答える。

「遊びと訓練の違いを、まだ学習しているところなので」小柄な女性が補足する。

「でも、本当によくしつけられているわね。うちの子なんか、手におえないもの」

「その後、容態はどうなんですか?」

「実は明日、退院してもどってくるの。でも、よくぞここまで訓練したものね、ハロルドを。うちのドロシーのしつけ方でいい方法があったら、教えてもらおうかしら」

言った瞬間に、ルースは後悔する。あのうっとりとした、すがりつくような目は、いまの言葉を誤解したかもしれない。ルースはちょっとしたお愛想のつもりだったのだが、相手は自分たちへの好意の表明と受けとったかもしれないのだ。

「今週でしたら一度おうかがいできます。ハロルドは並みの子とはちがうんですよ」自分の名前を聞いて、ハロルドは信頼と畏敬の念のこもった顔で飼い主を見あげる。

「とにかく、それがあたしたちの最終的なオファーですので」長身の女性が遮って、ハロルドのリードをぐいっと引っ張る。ハロルドは逆らわずに立ちあがる。

「それでは、失礼します」小柄な女性が言って、二通目の封筒をルースに手渡す。「同額の競合オファーがあった場合に、あたしたちの思いを知っていただきたいので。ぜひ読んでください」

「幸運をお祈りしてるわ」階段に向かう二人の背中に、ルースは声をかける。この問題に関しては、運、不運など無関係なことは百も承知していたのだが。

オファーの封筒をあける前に、もしそうした場合は自分たちが封入入札方式を受け容れたことになるのかどうか確認すべく、アレックスはリリーに電話をかける。

ブザーが鳴る。中華料理の出前のことを、二人はすっかり忘れていた。「わたしが出るから」アレックスをリビングに残して、ルースが玄関に向かう。

「うちは五階よ」インターホンに叫んで、配達人が階段をのぼってくるのを待つ。彼が苦労してのぼってくるのを待ちながら、こんどのオファーの額はどれくらいなのだろう、とルースは頭をめぐらす。自爆テロ騒ぎの頂点で提示された九十万ドルよりは、多いはずだ。九十二万五千ドル？　九十五万ドル？　最後の階段に配達人がさしかかっているのだろう、ガーリック・シュリンプの匂いが鼻をつく。現れた配達人は、寒気の中、自転車をこいできたせいか、耳が赤く染まっている。五階までのぼってくるのも大変だったらしく、顔も汗ばんでいる。年齢も六十に届きそうな彼が、零下の大気の中、自分たち夫婦の夕食を運んできてくれたのだ。やっぱり九十万ドルで満足してはいけないのかな、とルースは思う。配達人が血の気のない指でお釣りの九ドルを差しだすのを見て、ルースは制止する。

「いいのよ、とっておいて」

「九十五万ドルだ」中華料理のカートンを両手にルースが入っていくと、アレックスが言う。カートンをその場に置いて、アレックスに抱きつきたくなる。が、カートンにはすでにガーリック・ソースが滲みはじめている。

「それなら決まりね。〝ハロルド・レイディーズ〟には、リリーが吉報を伝えるのかしら、それとも、わたしたちが直接電話したほうがいいのかしらね？」

「リリーはいま、〝パーカのカップル〟と〝黄色いゴム長〟に再オファーの意思があるかどうか、確かめているところなんだ」電話が鳴る。アレックスが受話器をとり、相手の声に耳を傾けてから言う。「ふざけなさんな、と言ってくれよ」

ルースはキッチンに駆け込むなり、ソースが滲んでいるカートンを流しに置いてコードレスの子機をつかむ。

「いまご主人に伝えていたところなんですよ、〝パーカのカップル〟がえげつないオファーをしてきたって」リリーが言う。「九十五万一千ドルって言ってきたんですからね」

「あまりにせこいわね、やることが」

「もうすぐ、ドクター・ギルバートからeメールがそちらに届くと思うんです」

「だあれ、ドクター・ギルバートって？」

「〝黄色いゴム長〟です。そちらへのお手紙も添えたいそうです。〝パーカのカップル〟があんなふざけたオファーをしてきたので、再オファーの増額は五千ドル刻みでしか受け付けないと言っておきましたから。どうしましょう、〝ハロルド・レイディーズ〟に、このままリングに留まる気があるかどうか、訊いておきましょうか？」

ルースは、あのすがりつくような目の女性に対して、ついうっかり好意的ととられかねない態度をとってしまったことをまだ気にしていた。「それはかまわないと思うけど、あの小柄な女性は、あれが自分たちの出せるギリギリの額だって言ってたわ。それは嘘じゃないと思うんだけど」

「じゃあ、明日の朝まで期限を延ばして、額の積み増しをしてくるかどうか、見てみましょうか」

「交渉はあくまでもあんたを通してやってほしいと、伝えてもらえないかな、リリー」アレックスが言う。「またわが家にやってこられると、閉口するんでね」

電話を切った後で、ルースが夫に訊く。「黙っていたら、あの人たち、本当にうちにくると思う？」

「このアパートメントを手に入れるためなら、あの二人、喜んでドロシーに礼儀作法を伝授しようとするだろうからね」

ルースは食べられそうなシュリンプと野菜を別のボウルに移す。流しに置いたカートンは、ほとんど底が抜けていたのだ。ぜんぶのシュリンプを無事移し終えてからキッチン・テーブルについて、あの小柄な女性から手渡された二通目の封筒をとりだす。それはガウンのポケットに入れたままになっていたのだ。アレックスはドクター・ギルバートのeメールをチェックするために、パソコンを起動している。その前にアレックスは、二通目の封書は読まないほうがいいとルースに注意していたのだが、ルースにしてみれば読まずにいられなかった。ともかくも、ルースはその手紙を受けとってしまったのだから。封筒を手にとって、開封する。封の糊《のり》はほとんど効いていなかった。あたかも書いた人物が、幸運を祈って軽く糊の部分にキスしただけだったかのように。

親愛なるコーエン夫妻様

最初に、おたくの愛犬の脊椎の障害のことを聞いて、わたしたち、とても心が痛みました。どうぞドロシーちゃんが一日でも早く元気になりますように。

もし、同額のオファーがあって、それでもわたしたちを選んでいただけたら、おたくのアパートメントを一生大切に扱います。

アパートメント入口の、最初に建築された当時のままの鍛鉄製のゲートや、おたくの窓のあるキッチンが、わたしたちはとても気に入っています。でも、それだけがわたしたちを選んでいただきたい理由ではありません。わたしとパートナーのミリセントは、過去に五頭の盲導犬を訓練して育ててきました。現在のハロルドは六頭目にあたります。訓練中の盲導犬を自由に走りまわらせることが認可されている場所の一つは、ドッグ・ランです。トンプキンス・スクエアの美しいドッグ・ランからほんの一ブロックしか離れていないおたくは、わたしたちにとって何物にも換えがたいことがご理解いただけるでしょうか。いずれまもなく、ハロルドは視力に障害のある方の杖《つえ》代わりになって活躍するはずです。それまで、広々としたドッグ・ランで自由に走りまわることができたら、あの子にとってなんと幸せなことでしょう。

心からの熱意をこめて

ジュディ

ルースはその手紙を持って寝室に入ってゆく。アレックスに読んで聞かせてから、〝ハロルド・レイディーズ〟のオファーを受け容れましょうよ、と言うつもりだった。九十五万ドルでもう十分じゃない。自分たちがほしかったのはエレベーターで、それはもう確保できたんだから。

と、アレックスがパソコンから顔をあげて言う。「九十六万ドルと言ってきたぞ。これで決まりだな、ルース」

ルースは手紙をポケットにもどす。「じゃ、〝ハロルド・レイディーズ〟のオファーはどうするの？」

「あののっぽの女は言ってたじゃないか、九十五万ドルが最終のオファーだって」

「でも、リリーを通して、朝まで待つって約束したんだから。彼女たちにもチャンスを与えましょうよ。で、ドクターはなんて言ってきたの？」

「手紙のほうはまだ読んでいない」アレックスは椅子から立ちあがって、ガーリックの匂いのするほうに向かう。

代わりにルースがパソコンの前にすわって、画面に目を凝らす。

親愛なる売り主様

わたしは四十八歳、独身で、ペットは飼っていません。イースト・ヴィレッジという地理的条件に魅《ひ》かれているのは、仕事場に近いからです。わたしは脊椎指圧療法士です。インド式頭部マッサージとリフレクソロジーも行っています。日頃から平穏な暮らしが好きで、騒々しいパーティーなど決してしませんから、近隣の住人の方々にもご迷惑はかけないつもりです。

あなたの誠実なる

ドクター・キャスリーン・ギルバート

読まなければよかった、とルースは思う。この、ペットのいない指圧療法士の手紙も、ポケットにもどした石のように重たい手紙も。ドクターのeメールをもう一度読み返してみる。最初に気づかなかったこと、何かしら心を打つ事柄が行間に埋もれてはいないか――おじいさんが病気をしがちだとか、小麦粉が底をついたとか――でも、そのうら悲しい文面から読みとれるのは、ドクター・ギルバートは雌牛を飼ってはいない、ということだけだった。

アレックスはシュリンプをつまみながら、きれいな皿とナプキンをテーブルに並べて夕食のセッティングをする。ワインの新しいボトルもあける。最初に期待した額に売り値が届かなかったのはすこし残念だとはいえ、新しい未来を祝う価値は十分にあるだろう。本音をいえば、リリー宛の仲介料の小切手を切って、残りを売り主に渡すまでの数分間くらいは百万長者でいたかったのだが。それでも、宿願がついに果たせるわけだから、この祝宴は特別陽気でロマンティックなものにしたい。周囲を見まわして、ろうそくを探す。だが、目に入るのは、ルースの妹が送ってくれた、むかつくような香りのアロマセラピーのろうそくと、死んだ父の年忌の際に点火するのを忘れたろうそくくらいのもの。年忌のろうそくのヘブライ語のシールを剝がし、ろうそくカップを燭台《しょくだい》のようにテーブルに置いて、真新しい芯に火をつける。だが、いざ焰《ほのお》が燃えたつと、部屋はロマンティックな雰囲気というより陰気な雰囲気に包まれる。アレックスはつい父親を思いだしてしまう。そう、この国に移住して、百万長者を崇敬しながら終生靴のセールスマンで通した父親を。ルースをディナーに呼ぶ前に、アレックスは浴室に足を向けてメディスン・キャビネットをひらき、祝宴が盛りあがった場合に備えてバイアグラをとりだす。それからキッチンに引き返すと、父親までがディナーに加わろうとテーブルについているような気がしてくる。ムードを一新しようと頭上の蛍光灯を消し、柔らかなろうそくの光だけが部屋を包むようにしてみる。

すると、薄暗いキッチンにはかえってたくさんの亡霊が顔を揃えてしまう――いまは亡き母親、弟、好きだった叔母、首を吊って自殺した友人の画家、アレックス自身がナイフで殺したドイツ軍の兵士……。

ルースが明かりをつける。「なんでこんなに暗くしているの？」次の瞬間、ろうそくとワインが目に入って、すぐにまた電気を消す。

ルースが腰をおろすのを待って、アレックスは二つのグラスにワインをついだ。

「ドロシーに」

二人はカチンとグラスを触れ合わせる。

「わたしたちの新しい、美しい家に」ルースが言う。

「そして、それを可能にしてくれた〝黄色いゴム長〟に」アレックスがつけ加える。誇らかな気分のときのルースの癖。ワインを一気にあおるのをアレックスは待つ。が、ルースは、まるで苦い薬を飲むかのようにひと口すっただけですませてしまう。

「ミリセントとジュディのこと、気の毒に思わない？」

「だれのことだって？」

「あの〝ハロルド・レイディーズ〟よ。あの二人、本当にこのアパートメントをほしがっているの。あのハロルドは、二人が訓練している六頭目の盲導犬だってこと、知ってた？」

「だから、二人の手紙は読むなと言ったんだよ、ルース」

「本当に、読まなければよかった」

アレックスはテーブル越しに手をのばして、妻の手を優しく撫でさする。今夜は妻が欲しかった。あの亡霊たちを追い払うためにも、血の通った、ぬくもりのある愛しい体を抱きしめたいのだ。

「〝ハロルド・レイディーズ〟は、もう一万ドル、上乗せしてくるかもしれないじゃない」夫の指の動きには無頓着に、ルースは言う。「たとえ上乗せ額が五千ドルだとしても、真剣に考慮してあげたいわ。この際、正しい判断を下して、この家をあの二人に譲りましょうよ」

「じゃあ、一万ドルの差額をみすみすドブに捨てろと言うのかい、おまえは？」妻の手を放して、アレックスは言う。

「そういう意味じゃなくて」

「一万ドルを捨てることがどうして正しいことなんだい、ルース？」

「振り返ってみると、この家の価値をリリーに知らされた瞬間から、わたしたち、お金のことばかり考えていたと思うの」

「それがそんなに悪いことなのかい？　おれたちはこの先どうなるんだ？　一万ドルあれば、引っ越しの費用にもあてられるじゃないか。四十五年間に描きためた絵。四十五年間に集めた本。それをみんな、おれたち二人だけの手で運びだせというのかい、あの階段を伝って、一度に段ボールの箱を一つずつ？」

「百万ドルがほしいあまり、わたしたち、ボルティモアでも爆弾テロが起きればいいと思ってしまったし」

「あのときは世間さま同様、二人とも震えあがってたじゃないか。ボルティモアで爆弾テロが起きればいいなんて、だれが思ったりするもんか」

「わたしは思ったもの」

「勘弁してくれよ、ルース！　いまは一万ドルをどうするか、話し合ってるんじゃないか！」

それから黙々と中華料理を食べ終えると、アレックスはアトリエに入ってドアをばしんと閉める。ルースはすぐ後を追いかけて、夫を言い負かしたくなる――〝わたしたちが、きょう幸運に恵まれたのは、街がテロの恐怖に震えあがったからだわ。だったらその幸運を、他の人たちと分かち合ったっていいじゃない？〟

でも、とルースは自分の心の奥を見つめながら思う。もしアレックスが、そうか、わかった、じゃあ、おまえの言うとおりにしよう、と答えたら、自分は本当に一万ドルの差額に目をつぶるだろうか――あのハロルドがドッグ・ランで思い切り駆けまわれるように？

ろうそくをふっと吹き消しながら、ルースはつい脳裏に両親のことを思い浮かべてしまう——信仰心が篤くて、戦後の闇市ではただの一セントも不当に儲けようとはしなかった父。そして、そんな父を辛辣《しんらつ》な目で眺めていた現実的な母。寝室に入って、熱病にでもかかったかのようにベッドの寝具の下にもぐり込む。自分をこうまで苛《さいな》んでいるのは何なのか。それに気づくまでには、ほんの二、三秒も要しなかった——それは燃えるような羞恥心《しゅうちしん》だった。自分もやはり、ぎりぎりのところでは、一万ドルを手放したくはないのだ。人間であることから逃れられない自分が、ルースは言いようもなく恥ずかしいのだった。

白熱光のライトの下で、アレックスの頭髪は法廷弁護士のかつらのように白い。作業台の前にすわって、ああでもない、こうでもない、と頭の中でルースと論じ合う——〝だっておまえ、一万ドルといったら教師時代のおまえの数年分の給料だろうに。一万ドルといったら、おれが四年間もヨーロッパの前線で戦ったときの給料より多いんだぞ。どう考えたって、プロの業者に頼らずに引っ越すのは無理だよ〟。アトリエを見まわして、引っ越しの際に運びだす品々を眺める——FBIメモの山、印刷物ではち切れそうなファイル、乾いた絵具や描きあげた絵が山と積まれたパレット・テーブル。描きあげた絵は気泡シートで業者に包装してもらうにしても、絵の取捨選択、しんどい難業までは、他人に委ねるわけにいかない。どの絵は残し甲斐《がい》があり、どの絵はないか。自分は何者であり、何者でないのか。

急に思い立って、絵具箱をひらく。FBIファイルの五十一ページ目はまだ彩色を加える必要がある。二晩ほど前に切り抜いた型抜きを使い、カドミウム・レッドにひたしたばかりの絵筆でファイルの隅に彩色を施しはじめる。コラージュの中心にあるFBIメモは実に美しい——黒く塗りつぶされた箇所などは、雪の上に残されたタイヤの跡みたいだ。塗りつぶされずに残った箇所を、あらためて読んでみる。〝ルース・コーエン、旧姓カシュナー（一九三〇年生まれ）。一九五四年十一月十五日、水爆反対の無許可デモに参加、裁判所命令を無視した廉《かど》で逮捕。一九五五年十一月二十六日、午後一時五十五分、ルース・コーエンが朝鮮戦争反対の集会で演説したことが、通報者の報告で確認される。当該人物ルース・コーエンは、下院非米活動委員会への協力を拒否したため、六か月間給料停止処分を受ける〟。

変わらないな、あいつは、とアレックスは思う。五十一ページで唯一残っている余白にルースのポートレートを描き込もうか、と考える——中年真っ盛りで、黒い髪を挑戦的に振り乱し、赤いキャットアイ・グラスをかけていたルース。だが、その顔を絵の具で再現しようとする間もないうちに、イメージは現実の姿、老人の記憶の中に溶解してしまう。そのアレックスをいまとらえているのは郷愁ではない。欲望だった。

アレックスの体の火照りで、ルースは目をさます。チェーホフを読んでいるうちにウトウトしてしまったらしい。眼鏡はかけたままで、胸にのせた『チェーホフ傑作集』が石のように重い。夫は裸で、しかもあそこが隆々としている。上から抱きしめられて初めて、アレックスは夕食のときに――食べ物と一緒でないと服《の》めないのだ――バイアグラを服んだのだと思い当たる。あのときの口論で、ムードはめちゃめちゃになったはずなのに。たぶん、夫は自分を許す気になったのか、もしくはバイアグラを、ましてやこんなに堂々たる勃起を、無駄にしたくないと思ったのだろう。ルースはナイトガウンを頭から脱いで、闇の中に放り投げる。

ケージの奥のほうに、ドロシーは体をひそめる。ウィー・ウィー・パッドの下から、頭のくらっとするような、実にいやなにおいが漂ってくるのだ。いつもだと、死のにおい──車に轢《ひ》かれたリスだとか、踏みつぶされた小鳥の赤ん坊だとかのにおい──をかいだときは、その上に寝転がって自分の毛ににおいをしみこませたくなる。でも、このにおいは別だった。このにおいは、いったんしみこんだが最後、二度と洗い落とせないような気がするのだ。

「なんで死体をここに置いとくの？」ナースが訊く。彼女は新しい患者、足の一本に包帯を巻かれたビーグル犬を運んできたところだった。

「安置室がいっぱいなんだよ」用務員が答える。「責任者のティトの話しじゃ、こんなことはこの二十年間で初めてだとさ。だって、きょうの午後だけで、七匹の犬、六匹の猫、それに一匹のイグアナが昇天したんだから」

「せめて廊下に移すとかすればいいのに。死体の隣りで眠るなんて、たまらないんじゃない？」

用務員は死臭が肌にしみこまないようゴム手袋をはめてから、ウィー・ウィー・パッドにくるまれた死体を廊下に運びだす。ドロシーの視界が急にひらける。にやっと笑っているように見えたメキシカン・ヘアレスの顔は渋面に変わっていて、目蓋の垂れさがった眼窩《がんか》も穴ぼこのように落ち窪んでいる。用務員は死体を抱えあげて運んでいく。

周囲の空気がすぐに爽やかになる。ドロシーは、ケージの硬い床が草むらに変わったかのように、くるくるとまわる。できるだけ丸くなって眠ろうとするのだが、どうやっても楽な姿勢がとれない。急に悲しくなって、あの大きなベッドの上の自分の定位置が懐かしくなる——アレックスを挟んで、ルースが左側、自分が右側に寝ていた、あの心から寛げる位置が。

月曜日の朝

動物的本能

眼鏡が見つからない。ナイトスタンドをまさぐってみても、指先に触れない。寝ているあいだに床に落ちたのだろうか。ルースは目をすぼめて床を見まわす。太陽はまだ煙突の列の上から顔をのぞかせていないので、室内は薄暗く、床とカーペットの区別もつかなかい。

「どうしたんだ?」アレックスが訊く。

「眼鏡が見つからないの」

アレックスは起きあがった。裸のまま床に降り立ってルースの側にまわり、ひざまずいてベッドの下を覗く。そうだわ。眼鏡がどこにあったか、ルースは突然思いだす——アレックスと愛し合う前、額にかけていたのだ。

「見つかった?」

「いや」アレックスはナイトスタンドの背後を探す。五セント銅貨とデンタルフロスが見つかっただけで、眼鏡はどこにもない。

ルースはベッドカヴァーをまさぐって、寝具のあいだに手を突っ込む。枕の下に指をすべらせて探すうちに、とうとう指先が、ヘッドボードとマットレスのあいだに挟まっていた、太いプラスティックのフレームにさわる。フレームを折ってしまわないよう慎重に引っ張って隙間からとりだし、陽光にかざしてみる。奇跡的にどこも壊れていなかったが、片方のレンズがなくなっていた。

「あったわ」アレックスに向かって叫んだ。彼はまだひざまずいて探してくれていた。「でも、右側のレンズがなくなってるの。そのへんにないかしら？　ヘッドボードの近くを探してみてくれる？」

自分も探そうと、眼鏡をかける。だが、すくなくとも片方の目ははっきり見えるだろうと思ったのに、両方ともよく見えない。すこしたって、アレックスがレンズらしきものをかかげて見せる。ルースは片目の眼鏡を夫に手わたした。

「これにレンズをはめてもらえる？」

「やってみよう。もう一つの眼鏡はどうしたんだ？」

「これがもう一つの眼鏡なのよ」

シャワーを浴び、服も着たアレックスは、キッチンに移って、眼鏡にレンズをはめる作業をつづける（どんなにやっても、レンズはぽろりと落ちてしまう）。まだガウンを着たままのルースは、お湯をわかそうとヤカンをレンジにかける。もう四十五年間もそこでお湯をわかしつづけてきたというのに、眼鏡がないと手元がおぼつかない。きのうの幸運までが、あれは本当なんだろうか、と思えてきて、あの〝ハロルド・レイディーズ〟の手紙がまだポケットに入っていることを思いだす。
「ねえ、あの〝レイディーズ〟に、もうすこし余裕を与えてやりましょうよ、せめてわたしたちが病院から帰ってくるまで」だが、ルースにはわかっている。自分の博愛精神とは、金持ちが慈善くじを買うような、とるに足りないジェスチャーにすぎないのだと。

アレックスが手袋を探しているあいだに、ルースはドロシーの毛布をとってくる。それから眼鏡をかける。世界の半分は鮮明に見え、もう半分は想像で見るしかない、眩暈《めまい》のするような感覚をもたらす眼鏡。でも、かけないわけにいかない。外に出ようとして、一応アレックスに確かめる。「あなた、補聴器はつけた？　きょうはわたし、片方の目しか見えないんだから」螺旋階段を降りる前に、ルースはアレックスの腕をつかむ。「急いで降りないで。一緒に降りましょう」

もう四十五年間ものぼり降りをくり返してきた階段だが、片方のレンズしかない眼鏡で見おろすと、まるで聖なるシオンの山から降りようとしているような気がする。

アップタウンに向かうタクシーの中で、ルースはとうとう眼鏡をはずして目を休ませる。窓から見える街は光と影のつづれ織りだ。赤信号で止まったとき（そこがどのへんなのか、見当もつかなかったが）、左手でサイレンの音が聞こえた。次いで右手でも聞こえ、前方でも聞こえ、背後でも聞こえはじめる。まるで近所の犬たちが互いに挑発し合っていっせいに吠えはじめるように。

「あなた、聞こえる、あれ？」

「いや、何も聞こえないけどな」

「補聴器の感度をあげなさい」

「わたしは聞こえますよ」運転手が言う。

ルースは眼鏡をかけ直して、外を覗く。片方の目でも、両方ないよりはいい。いいほうの目を最大限生かそうと、ルースは汚れた筋のついた色ガラスの窓を下ろす。信号が変わって、寒風が吹き込んでくる。見えないほうの裸眼が、痛いくらいにスースーと感じられる。風のせいで、アレックスの補聴器がひゅーっと鳴る。何事だろうと周囲を見まわすのだが、ひゅーっという風の音しか聞こえない。ルースは窓を閉める。もしかすると、エレベーターは若さの泉ではないかもしれない。でも、エレベーターはエレベーターだ。

「何か事件でも起きてるのかな？」アレックスが訊く。

「とにかく、ドロシーのところにいきましょうよ。この街ではいつも何かが起きているんだから」

病院の前でタクシーが止まると、アレックスが先に降りてルースに手を貸す。ルースには距離感がつかめない。縁石が近くにも遠くにも見えてしまう。

二人は新しいガードマンにIDカードを提示する。こんどのガードマンは小太りの女性で、腰に装着しているウォーキー・トーキーの革のホルスターが、上下二つのソーセージを結んでいるひものように見える。

アレックスが最初に金属検知器を通り抜け、前方でルースを待つ。

距離感がつかめないままゲートを通り抜けながら、なんだか針の目を通り抜けようとするラクダみたいだわ、とルースは思う。

待合室は混雑していた。アレックスが列に並んで、ドロシーを引きとりにきたと受付係に告げる。ルースは一つだけあいていた椅子に腰をおろす。左側にはぐったりしたウサギを膝に抱えた細身の男。右側には、目を泣き腫らした女性。その目はあまりに赤いので、目の縁から出血しているかのように見える。彼女の息子らしい二十歳くらいの若者が、憔悴《しょうすい》した顔ながらも姿勢を正して彼女のほうに近寄ってくる。両手で支え持っているカフェテリアのトレイには、ウィー・ウィー・パッドがかぶせてある。パッドの下には何があるのか、だれに教えられなくても見当がつく。ルースは眼鏡をはずす。中途半端に見えるよりは、光と影を意識できたほうがいい。それに、たとえ眼鏡をはずしても、人と動物のぼんやりとした映像の中で明確に見分けられるものがある。アレックスの顔。そしてドロシーを家につれ帰るのが待ちきれずに、床を踏み鳴らしつづけている彼の足。

ドロシーはルースとアレックスが近くにいるのを知っている。それは想像でも、希望的観測でもない――事実としてわかるのだ。ケージの扉すれすれに立ち、濡れた鼻を鉄棒に押しつけて、二人に聞こえるように声の限り呼びかける。同室のパグとビーグルもそれに加わる。二匹の声に負けまいと、ドロシーは裏声で吠えたてる。隣り合うケージの中のグレートデーンとセント・バーナードとピットブルが、バリトンで吠えはじめる。そのうちバセット犬も吠えはじめ、ビーグルが唸り、ポメラニアンがかん高い声で鳴きだし、とうとう通路沿いのすべてのケージで患者たちの大合唱がはじまる。

「なんでいっせいに吠えはじめたんだ?」ナースの後から食事をのせたカートを押しながら、用務員が言う。「また何か事件でも起きて、おれたちの知らないことに勘づいたのかな?」

「馬鹿ね、朝食の時間だってわかってるからよ、みんな」ナースが答える。

訳者あとがき

そうね、これならおたくのお住まい、九十九万九千ドルで売れますよ、と不動産業者に折り紙をつけられたら、だれしも舞いあがってしまうにちがいない。本書の主人公、アレックスとルースのカップルにとってはなおのこと。なぜなら二人には、その住まい、ニューヨークのイースト・ヴィレッジに建つ古いアパートメントの部屋をどうしても手離さなければならない事情があったからだ。

ところが、そのアパートメントを売りだすための内覧会（オープン・ルーム）の開催を翌日に控えて、思いがけない椿事《ちんじ》が夕食時に二人を襲う。子供のいない七十代の二人にとってはわが子も同然の愛犬、ドロシーの腰が抜けてしまったのだ。とるものもとりあえずドロシーを動物病院に運ぼうと二人は外に飛びだすのだが、タクシーがつかまらない。ミッドランド・トンネルで自爆テロらしき事件が起こったとかで、ニューヨーク中の幹線道路が大渋滞になってしまったのである。果たしてドロシーの運命は？　そしてまた、二人の老後の暮らしを左右するオープン・ルームの首尾は如何《いか》に？

微笑《ほほえ》ましくも心温まる、それでいてスリリングな物語である。感心するのはストーリー・テリングの巧みなこと。わが家の売り出し、愛犬の急病、自爆テロ騒動、この三つのファクターを緊密にない交ぜながら、作者は淀《よど》みなく物語を展開してゆく。とりわけ秀逸なのは、アレックスとルースのカップルが不動産の売り手であると同時に買い手でもあるという設定だろう。二人はわが家を手離すと同時に、新たな住まいも見つけなければならない。しかも、折りから勃発したテロ騒動の結果によっては、不動産の価格は暴騰するかもしれないし、暴落するかもしれない。わが家を売る立場からすれば暴騰してほしいし、代わりに移り住む家を買う立場からすれば暴落してほしい。二人は真逆の立場を一身に引き受けて、この悩ましい状況に対処しなければならないのだ。

次々にかかってくる電話は、ドロシーの容態を報告する病院からかもしれないし、オープン・ルームの結果を告げる不動産屋からかもしれない。読者もまた一喜一憂しながら物語の先を追うことになるのは、もちろん、主要な登場人物たちに他人事《ひとごと》ではない親近感を覚えるからだ。

長い人生、苦楽を共にしてきたルースとアレックスの夫婦像は、簡潔な筆致ながら、読んでいてありありと眼前に浮かんでくるほど生き生きと描かれている。しかも、作者の巧緻な描写の才は、このカップルと愛犬ドロシーの関係にも及んでいて、それもまたこの作品の面白さの一つとなっている。人間と動物の間の揺るぎない信頼に貫かれた情景に出会うたびに、うん、本当にこうなんだよなあ、こうなのよねえ、と深くうなずく愛犬家の方々やワンコたちは――もし、ワンコたちにも本が読めれば――さぞかし多いにちがいない。

人と動物の織りなす、この珠玉の作品はいかにして生まれたのか。作者のシメントは、すでに数冊の著作を持つカナダ生まれのアメリカ人作家で、今年六十歳。その夫君は、作中のアレックスと同じく画家であるアーノルド・メシス。本書冒頭の〈感謝の言葉〉で、「アレックスの描く彩色写本は、アーノルド・メシスの〝コラージュ・シリーズ、FBIファイル〟に基づいています」とある、そのメシス当人に他ならない。歳《とし》はシメントより三十二歳上の九十二歳。この年齢差は、かつてシメントがメシスに絵画を教わっていた師弟関係に由来しているようだ。それはともかく、FBIファイルという小道具をはじめ、実生活におけるこの夫婦の在り様《あ よう》がルースとアレックス夫婦のモデルになっていることは想像にかたくない。ちなみにこの二人、やはり大の愛犬家だとか。

人生の苦楽を知る多くの人たちの共感を呼んで、本書は映画にもなった。リチャード・ロンクレインの演出の下、モーガン・フリーマンとダイアン・キートンという当代のハリウッドの名優二人が、アレックスとルースを演じている。原作の味わいをよく生かした好もしい作品に仕上がっているが、結末はこの原作とは大いに異なっている。両者のエンディングを比較対照してみると、映画と小説、双方の本質が見えてきて興が尽きない。そんな余得にあずかれるのも、本書を読む楽しみの一つと言っていいだろう。

二〇一五年一〇月

高見浩

―本書のプロフィール―

本書は、二〇〇九年に、アメリカで刊行された小説『HEROIC MEASURES』を本邦初訳したものです。

小学館文庫

眺《なが》めのいい部屋《へや》売《う》ります

著者　ジル・シメント
訳者　高見《たかみ》浩《ひろし》

二〇一五年十一月十一日　初版第一刷発行

発行人　菅原朝也
発行所　株式会社　小学館
〒一〇一-八〇〇一
東京都千代田区一ツ橋二-三-一
電話　編集〇三-三二三〇-五七二〇
　　　販売〇三-五二八一-三五五五
印刷所――――図書印刷株式会社

ISBN978-4-09-406215-1